面对国旗

[法]儒勒·凡尔纳——著
朱 良 王宝琼——译

插图版

北方联合出版传媒(集团)股份有限公司
万卷出版公司

图书在版编目（CIP）数据

面对国旗 /（法）儒勒·凡尔纳著；朱良，王宝琼译.—沈阳：万卷出版公司, 2017.9

ISBN 978-7-5470-4568-8

Ⅰ.①面… Ⅱ.①儒… ②朱… ③王… Ⅲ.①长篇小说－法国－近代 Ⅳ.①I565.44

中国版本图书馆CIP数据核字（2017）第145994号

出 品 人：刘一秀
出版发行：北方联合出版传媒（集团）股份有限公司
万卷出版公司
（地址：沈阳市和平区十一纬路25号 邮编：110003）
印 刷 者：三河市翼华印务有限公司
经 销 者：全国新华书店
幅面尺寸：145mm×210mm
字　　数：182.5千字
印　　张：7.75
出版时间：2017年9月第1版
印刷时间：2017年9月第1次印刷
责任编辑：李 坪
责任校对：金 龙
版式设计：格林文化
ISBN 978-7-5470-4568-8
定　　价：30.00元
联系电话：024-23284442
传　　真：024-23284442

你可以要求我讲述我的一生，但请别要求我借给你一本儒勒·凡尔纳的书！我对他的作品是那么着迷，以至于我对此都感到有些“嫉妒”。你若重读他的著作，我请求你永远也不要跟我谈起它们，甚至永远不要在我面前提儒勒·凡尔纳这个名字；因为，我觉得提到他的名字就必须要顶礼膜拜！他，如同历史长河中的那些大文学家一样，当太多作家被人转眼遗忘的时候，他却永存！

——法国著名作家　雷蒙·鲁塞尔

前　言

早在2003年，当我们从资料上得知2005年3月25日是“科幻小说之父”儒勒·凡尔纳逝世100周年纪念日之时，我们决心为他做点什么。

我们的幼年是伴随着他的许多读物成长的，受他的影响很深，他让我们知道除了《格林童话》《安徒生童话》中的童话世界，真实的世界里也可以开满奇异之花，只要你敢于幻想。出于对凡尔纳的热爱和对他小说的了解，我们萌生了将凡尔纳的一些经典作品——在我国译本较为稀少的法文原版小说——翻译出来的想法。

除了一些短篇小说外，凡尔纳一生中共写了60余部小说。他的作品可以分为两大类：一类是《格兰特船长的儿女》《海底两万里》《神秘岛》等中国读者耳熟能详的科幻小说；另一类是法国各个出版社出版的版本上均标注着“异乎寻常的旅行”（*Les Voyages extraordinaires*）的游记历险类小说；甚至，凡尔纳还写过很少为读者所知的侦破悬疑类小说。我们的愿望，就是将他的游记历险小说和侦破悬疑小说介绍给更多的读者。

这类小说尽管都是立足于现实世界，却有着丰富的人文地理、动植物、天文气象等多方面的科学知识，语言生动，情节曲折动人；而且他笔下的正面人物都具有坚强的性格、优秀的品质和高尚的情操，有着难能可贵的正义感和克服困难的非凡勇气。总之，他的历险类小说不仅能起到普及科学知识的作用，还能寓教于乐，让读者——尤其是让孩子们体会到应该做一个爱国、有责任感、乐于助人的人。

直到2003年我们决心动手翻译时，国内出版社基本上都是再版或重译凡尔纳为人熟知的作品，新译的作品很少，有些作品虽然早期有人译过，市面上却并不多见。于是怀着弥补凡尔纳历险、侦破类小说稀缺这一遗憾的心情，我们开始了对《空中村庄》《南极的斯芬克斯》及《利沃尼惨案》等法文原著的翻译工作。

从2003年5月收到法国寄来的原版小说开始动笔翻译，到2010年10月签订出版合同为止，其间经历了漫长的7年。这期间的故事有很多，我们还应邀翻译出版了10万字的儿童读物《小蓝兔系列丛书》（5册），朱良还因为身体原因先后做了两次手术。最终我们还是完成了这几部书的翻译工作，并进行了多次译校，认真研讨，反复推敲。仅就书名的翻译，我们就做了反复的考量，并与编辑“据理力争”。

如*Le Village aérien*一书，有的译者将其译为《大森林》，这似乎与原文相距甚远；有的译为《飞行村》，让人看后会以为这个村庄可以在空中飞行。我们认为应该依照书的原文，即该村庄是搭建在离地几十法尺高的森林参天大树的树干间，因此将书名译为《空中村庄》。

又比如*Face au drapeau*一书，有的译为《迎着旗帜》，未免有些空泛；

有的译作《迎着三色旗》，但似乎也未能将这个旗帜的意义写出来。我们最终决定将它译为《面对国旗》，强调了主人公在所处的特定环境下，看到国旗后，出于爱国主义而带来的思想的转变。他由一个一心只想将自己发明的武器卖个最高价的普通人，转变为宁可将其毁掉也不让它帮助海盗攻击祖国军舰的高尚的人。总之，我们力图本着“信、达、雅”这一翻译原则，尽最大努力完成了所有的翻译工作。当然，译稿中一定会有错误及疏漏，希望得到同行及读者们的批评指正。

此外，我们要特别说明的是，凡尔纳的小说虽然成就非凡，深受世界各国读者的喜爱，但也避免不了时代的局限性。他的作品有时会流露出那个年代西方对有色人种，尤其是对黑人的歧视。这是我们在阅读中应该批判的。

回想起7年来的努力，黎明伏案、深夜伴灯的热忱，一次次出版希望的破灭带来的沮丧，不免心潮起伏、感慨万千。我们俩都不太会用电脑，所有的文字都是写在稿纸上，每次校对都要再重新抄写一遍，这也给编辑工作增加了不少难度。之前也有出版社对这套书感兴趣，但看到厚厚的钢笔手抄稿就犹豫了，我们曾一度怀疑这套凝聚了我们多年心血的译稿不能面世。这次合作很顺利，我们相信这是缘分。

在这套凡尔纳经典作品即将面世之日，我们夫妇二人要真诚地感谢出版社编辑，还有多次帮助了我们的武汉大学出版社黄朝昉、代君明等友人。

朱良、王宝琼

目　录
CONTENTS

目　录
CONTENTS

一、海尔斯福尔疗养院

这一天，189X年六月十五日，海尔斯福尔疗养院院长收到一张名片，上面规规矩矩地写着以下这个普普通通的名字，除此之外，名片上既无盾形，也无冠形纹章：

阿尔蒂加斯伯爵

在这个名字的下方，名片的一角上，用铅笔写的地址：

“埃巴”号双桅纵帆船，在庞普利科—苏德湖的新贝尔纳港停泊。

美利坚合众国当时总共有四十四个州，北卡罗来纳州是其中之一，该州的首府是罗利城，地处省内离海边约有一百五十公里处的地方，是座相当重要的城市。正是由于该城的中心位置才使得它成为州议会的所在地，因为其他的城市，诸如威明顿、查洛特、费耶特维尔、伊丹顿、华盛顿、索尔兹柏里、塔波罗、哈里法克斯、新贝尔纳等城市，在工商业的重要性上都等于或者超过它。新贝尔纳城是座竖立在娜兹河河口深处的城市，娜兹河注入到呈一种宽阔的海洋湖泊类的庞普利科—苏德湖中，湖边由天然堤坝所环绕，北卡罗来纳州的沿海小岛及岛屿星罗棋布。

要是名片上没有附着一封署名为阿尔蒂加斯伯爵，请求参观海尔斯福尔疗养院的信件的话，疗养院的院长根本猜不出他收到的这张名片有什么含意。名片上的这个人想要参观疗养院，他希望院长能够同意他的请求，而他本人应该于下午和“埃巴”号双桅纵帆船的斯巴德船长一起来参观。

想要参观这家在当时极富盛名，美国有钱的病人趋之若鹜的疗养院，只能反映出一位外国人再自然不过的本性。事实上，曾有不少人参观过这家疗养院，不过这些人都没有阿尔蒂加斯伯爵这么高的头衔，而且也没有直接面对疗养院院长讲些恭维话的荣幸。院长立刻答应了这位伯爵参观疗养院的请求，并答复说他将十分荣幸地为阿尔蒂加斯伯爵敞开疗养院的大门。

由一位品德高尚的人负责管理的海尔斯福尔疗养院可以确保众多的名医汇聚一堂。该疗养院是家私立机构，有别于医院和病老收容所，但得接受政府的监督。该疗养院具有正式的医疗机构所应有的一切卫生和令病员感到十分舒适的条件，目的在于接待有钱的患者。

很难找到比在海尔斯福尔疗养院更舒适的床位了。在一座山丘的后面展现开来的是一个面积有二百英亩的湖。湖的四周种植着北美盛产的华美的长绿树，这种树只在北美地区与种植葡萄的马德拉岛[①]和与种植高产美味黑葡萄的法国阿里埃日地区海拔相同的地方生长。湖的下端便是宽阔的娜兹河的三角湾了，外海海面上的微风越过狭窄的海岸防护沙滩和庞普利科—苏德湖上的细风汇在一起润泽着这处河湾。

① 太平洋岛屿。

海尔斯福尔疗养院中的病人在极佳的医疗条件下得以治疗。疗养者中间，最为常见的是些患慢性病的病人。但是，院方并不拒绝接纳那些有精神紊乱表现的病人，只要这类患者的病症并非是不可治愈的即可。

但是，确切地说，引起阿尔蒂加斯伯爵关注并有可能促使他参观该疗养院的是一位大名鼎鼎的人物，十八个月以来，此人一直在疗养院内接受着特殊的临床观察。

我们现在要谈的人是法国人，名叫托玛斯 · 罗克，四十五岁。毫无疑问，从医学角度来看，他受心理疾病的影响。然而，直至此时，神经病科医生并没有发现他有彻底丧失智力功能的症状，在他日常生活最为简单的活动中，他对于事物的正确含义是否缺乏判断，对于这一点，医生还无法确定。但是，当他的天赋禀性被唤醒时，他的理智还算清醒、健全，并未受损坏；可是，他却往往把清醒的头脑和疯疯癫癫的表现混在一起！的确，他的情感特征以及感官特征已经受到了严重的损害，当有必要将这些特征表现出来的时候，他所表现出来的只是谵妄和缺乏条理性。记忆力丧失、无法集中精力、迟钝而麻木不仁、没有判断力。这位托玛斯·罗克只不过是个丧失理智，自己不能照顾自己的人，甚至连动物都具有的自卫本能都没有，因此，疗养院总得像对待一个一时都不能放松的小孩儿一样看护他。所以，在疗养院湖边他所住的十七号楼里面，看护他的人的任务就是日夜不停地看护着他。

常见的精神病，如果不是不可治愈的话，只能通过精神疗法加以治愈。医学和临床对这种病症均无能为力，这种医疗上的无效性许久以来便为医学专家所承认。从托玛斯 · 罗克的临床表现来看，使用精神疗法去治疗他的病有效果吗？当他的临床症状表现出不可治愈的特点时，人们会怀疑：甚至在海尔斯福尔疗养院的这种安静、十分有益健康的环境里也不能保证病人的康复。实际上，不安、变性[1]、行为怪异、忧伤、冷漠，对严肃或是愉快的事情表示厌恶，所有这些症状全都明显地在托玛斯·罗克的身上表现出来。对此，任何医生都不会做出错误的诊断，任何疗法看起来都无法治愈或者消除以上症状。

正确地说，精神病是一种主观性过于强烈的病症，也就是说内心过于苦痛，对外部世界的感觉较为麻木。在托玛斯·罗克的身上，这种麻木不仁的表情差不多是绝对的，他只生活在自己的内心世界之中，一种挥之不去的念头一直折磨着他，使他变成了现在这种样子，也许会出现一种情况，将他推回外部的世界，即将他“外化”，这样的情况虽然不大可能发生，但并非毫无希望。

现在，最好讲述一下这位法国人是在什么样的条件下，出于何种动机来到了美国，为什么联邦政府要把他软禁在这家疗养院内，并且派人仔细地记录了他在病情发作时不自觉地吐露出来的只言片语。

十八个月以前，华盛顿的海军部收到了一封上述这个名叫托玛斯·罗克的人请求接见他的信，并声称要向海军部透露一件事情。

单是托玛斯·罗克这个名字就让部长明白了此等事是何许事也，他虽知道这事的性质以及随之而来的要求，但他还是毫不犹豫地立即召见了他。

---

① 指情绪兴奋、而发怒。

事实上，托玛斯·罗克的名气太大了，以致忧国忧民的海军部长不得不马上接见他，听取他亲自提出的建议。

托玛斯·罗克是位发明家——一位天才的发明家。在此之前，他所做出的一些重大发明已经使他本人原本就有些声望的身份变得更加声名显赫起来。多亏了他，直至此时一些纯理论上的东西得以在实践中应用。他在知识界中很出名。接下来，我们将会看到什么样的烦恼、挫折、失望，甚至是新闻界中一些爱开玩笑的记者施加的侮辱使他得了精神病，以致必须被软禁在疗养院中。

他的最后一项发明是一种叫做“罗克闪光弹”的攻击型导弹。据说，由于它具有一种比起其他武器更加优越的特性，因此拥有它的国家就会成为主宰整个陆地和海洋的绝对霸主。

对于发明家在发明创造时所碰到的艰难困苦和挫折我们了解得太清楚不过了，特别是当他们千方百计地让内阁的委员会采纳他们的发明时。对于许许多多这样的实例，特别是一些著名的实例，我们依然记忆犹新。没有必要过分强调这一点，因为这类事情有时会隐含着许多人难以知晓的内幕。然而，涉及到托玛斯·罗克，应该承认，他像先前的大多数发明家一样为他发明的新导弹提出了苛刻的条件，开了个天价，以至于没有商谈的余地。

此外，还应强调一点，他先前以罕有的勇气开发出的发明付诸于实战后效果显著，由于不能坐等从他的发明中得到应有的好处，他的脾气开始变坏。他开始疑神疑鬼，声称只能恰如其分地出让他的发明，提出了一些令对方也许是无法接受的条件。他被人看作是一个空话连篇的人，他甚至提出要对方在实验之前就付给他一大笔钱，而这种要求对方是无法接受的。

这位法国人首先将“罗克闪光弹”推荐给法国政府。他让一个有资质的委员会弄明白它将要接受的是个什么样的发明。这项发明是一枚用非常特殊的方法制成的携带自动推进器的导弹。它带有一个由新材料制成的起爆装置，是种在一新型起爆剂的作用下才会爆炸的导弹。

不论导弹以何种方式发射，当它爆炸时能波及几百米之外的目标，能引起大气层强烈的运动，从而摧毁分散于一万平方米区域内的建筑物、防御工事或军舰。这是在这一期间已经实验过的扎兰斯基气动大炮发射炮弹的原理，但它的威力至少比气动大炮的威力大上一百倍。

因此，如果托玛斯·罗克发明的导弹具有这么大的威力，那么该导弹便可确保他的祖国在进攻或防御上具有优势。但是，尽管托玛斯·罗克过去曾经以自己的方式验证过他所发明的其他导弹的强大威力，可这回他是不是有点儿夸大其词呢？只有进行过实验后才可以证明这一点。可是,他恰恰宣称只有在领到他为“罗克闪光弹”估的数百万法郎的价后，他才同意进行实验。

没有一个政府会俯就他所提出的苛刻条件。可以肯定，一种心理失衡的状态在托玛斯·罗克的身上产生了，他的思维发生了紊乱。人们感到他逐渐地踏上了一条最终变成疯癫状态的道路上。

法国的那个委员会不得不终止了与他的所有谈判。那些激进的反对派的报刊都不得不承认政府很难给予这桩买卖以答复。托玛斯·罗克提出的条件被拒绝，而且，法国政府并不担心其他国家会和他做成这笔交易。

随着托玛斯·罗克灵魂中自我意识的不断膨胀直至超过了正常界限。人们对维系在他身上的爱国主义纽带逐渐松弛以致最终消失并不感到惊讶。应该强调的是对于存在于人类天性的荣誉感来说，此时此刻，托玛斯·罗克对这一概念已经失去了判断力，他只是苟延残喘而已，唯独与其发明有关的事情尚有意识。在发明创造的问题上，他的天才的力量丝毫没有减弱。但涉及到生活中所有最为简单的细节时，他的智力日趋衰退，直至不能对自己的行为负责。

托玛斯·罗克的要求遭到了法国政府的拒绝，在这时候，政府有关部门也许应该阻止他带着他的发明远走高飞……可是，没有人这样去做，这真是一个错误。

意料之中的事情发生了。爱国主义情操本是一位公民身上最基本的情感——一个人在属于自己之前应先属于他的祖国，但是，这种感情在失望、愈发暴躁的发明家的心中荡然无存。这时，他想去其他的国家，他越过国境线，他忘记了不该忘怀的往事，他把“罗克闪光弹”推荐给德国。

在德国，当德国人知道了托玛斯·罗克的过分要求后，便拒绝接见他。此外，普法战争后德国刚刚开始研究一种新式的弹道导弹，德国人认为这种导弹足以傲视这位法国人的发明。

那时，在托玛斯·罗克的心中，愤怒之中又平添仇恨——因一种反人类的本能而产生的仇恨——尤其是在他直接面对大英帝国海军部的行动步骤以失败而告终的时候以后。

英国人很讲实际，所以一开始并未断然拒绝托玛斯·罗克，而是试探他、哄骗他。可托玛斯·罗克什么都不想听。他的秘密值好几百万，他要得到几百万，否则谁也得不到他的秘密。最后，英国海军部和他谈崩了。

这样，他的精神紊乱日益加剧，在本故事开始前十八个月，他在美国政府那里做了最后一次尝试。

美国人比起英国人来更加实际，他们并未对“罗克闪光弹”进行讨价还价，鉴于法国化学家的名望，他们给予他的发明以一个非比寻常的价钱。他们理智地视其为天才，采取了一些适合他的病况的措施，不惜以后以一种合适的比例补偿他。

由于托玛斯·罗克有明显的精神紊乱的症状，美国政府认为为了他的发明，应该把他关起来。

我们知道，托玛斯·罗克进入的不是疯人病院，而是海尔斯福尔疗养院，它可以保证治疗他的疾病。尽管该疗养院对他进行了精心的治疗，然而至今为止，美国政府的目的仍未达到。

有必要再次费些篇幅解释一下，虽然托玛斯·罗克终日里昏昏沉沉的，但一涉及到他的发明，他便立刻清醒，变得活跃起来，侃侃而谈，口气坚定而又充满自信，并含有一种使人深受感染的威严。他滔滔不绝地描述着“罗克闪光弹”的神奇特点，以及它的非同凡响的威力。但是，当对方问起燃爆剂的爆炸性质、炸药的成分，它们的制作方法、制造过程中的技术诀窍时，他便小心翼翼、立缄其口了。有那么一或两次，当他的病情发作得最为厉害的时候，大家以为这下子他的秘密就要脱口而出了，并为此事先采取了一切措施……但是，即便这样做也是枉然，就算托玛斯·罗克在这种情况下甚至连意识都不大清醒，可他却能保证不把他的秘密吐露出去。

海尔斯福尔疗养院湖滨十七号楼坐落在一个花园内，花园是被一个由绿色植物构成的篱笆墙围起来的，托玛斯·罗克可以在看护的监视下在园中散步。这位看护和他同住一幢楼里，睡在同一间房中，日夜不停地看护着他。片刻不离。看护侦听着托玛斯·罗克在半睡半醒之际产生幻觉时的只言片语，甚至连他做梦时说出的梦话都不放过。

这名看护名叫盖东。把托玛斯·罗克非法监禁后不久，他听到疗养院要找一名会讲发明家母语的人当看护，便到疗养院毛遂自荐，随后被院方作为新病人的看护而录用。

实际上，这位所谓的盖东是法国的一位工程师，名叫西蒙·哈特，在新泽西州的一家化工厂工作过几年。西蒙·哈特，四十岁，额头宽阔，上面布满着观察家的皱纹，坚定的神情表明他具有充沛的精力和坚韧不拔的性格。他十分精通与改进现代军备有关的一切问题，熟知当时世界上一千一百多种炸药的成分，他更敬佩像托玛斯·罗克这样的人，他相信"罗克闪光弹"的威力，所以他并不怀疑托玛斯·罗克掌握着一种可改变海战或陆地进攻或是防御形势的导弹。他知道疯病并没妨碍他成为一名科学家。在他的大脑中，虽有部分神经受损，但他的头脑仍然闪烁着一丝天才的火花。当时，他有这么一种想法，那就是当托玛斯·罗克发病的时候，他的秘密会泄露出去，一位法国人的这项发明会为其他国家所用，而不是为法国所用。于是，他决定把自己装扮成一个能熟练地讲法语的美国人，主动地提出愿意充当托玛斯·罗克的看护。他借口去欧洲旅行而辞了职，改了姓名。所幸当时的情况对他有利，院方接受了他的申请，这就是为什么，十五个月以来，西蒙·哈特补了照顾疗养院这位病员的看护的缺的原因。

这个决定体现了一种罕有的热情，崇高的爱国主义精神，因为对于像西蒙·哈特这样的地位，受到良好教育的人来说，看护一个神经病人可真是件苦差事。但是——我们不要忘记——这位工程师如果在无意之中发现了托玛斯·罗克的发明，那他就可以合情合理地分享这一发明带来的利益，可工程师绝没有剥夺托玛斯·罗克个人利益的想法。

十五个月以来，西蒙·哈特，或是说盖东就这样生活在这位精神病患者的身旁，观察着，监视着他的一举一动，甚至去盘问他，但一无所获。此外，他比任何时候都更加确信托玛斯·罗克的发明。因此，他最为担心的就是这位精神病患者的局部疯癫状态转变成彻底的疯癫状态或是把他和他的秘密一起彻底毁掉的一次严重发作。

这就是西蒙·哈特的处境，这就是他为了祖国的利益而把自己的一切都贡献出来的使命。

但是，由于托玛斯·罗克身体的底子很好，所以，尽管经历了那么多的失望和挫折，可他的身体并没有被疾病拖垮，他的神经质的表现让他抵住了众多的带有摧毁性病因的折磨。托玛斯·罗克，中等个儿，思维敏捷，额头宽阔，头很大，头发灰白，眼神虽有时显得惶恐不安，但是敏锐、坚定、蛮横，当他沉思时，眼睛就显得格外明亮，不停地翕动着的鼻子的下面长着一撇浓密的胡子，双唇紧闭，似乎要守住心中的秘密，他的神情是一副若有所思的样子，表现出来的是一个历经长期斗争并下定决心仍要继续斗争下去的那样一种人的神态。这就是托马斯·罗克，他被关在海尔斯福尔疗养院十七号楼里，大概没有意识到自己被人非法关押，处于看护盖东——昔日的西蒙·哈特工程师的监视之下。

二、阿尔蒂加斯伯爵

确切地说，这位伯爵是何许人也？是西班牙人？……总之，他的名字有点像西班牙人。可是，在他的双桅纵帆船船后名板上用金字写的船名“埃巴”，这个名字是典型的挪威名。要是有人问起“埃巴”号船长姓什名谁，他会回答说：斯巴德，而水手长叫埃费隆达，厨子名叫埃利姆——所有这些奇怪的名字杂乱不一，说明他们的国籍各不相同。

人们是否可以以阿尔蒂加斯伯爵的体貌特征推出他是哪国人？……很难。从他皮肤的颜色，油黑的头发，优雅的举止等方面来看他有西班牙血统，但从他这个人的整体上来看，他并不具有伊比利亚半岛[①]居民的种族特点。

此人中等身材，身体魁梧健壮，至多四十五岁。他举止从容而又高傲，像是一位具有马来人高贵血统的印度王宫贵族。他虽未表现出冷漠的举止，但起码要努力地表现出行为专横、说话简单扼要这样一种态度来。至于他的船员们和他讲的话，那是一种印度洋岛屿及其四周海域岛屿上的方言。的确，当他远航至新大陆和旧大陆[②]的时候，他使用他那流利的

---

① 指西班牙和葡萄牙。

② 新大陆指美洲，旧大陆指欧洲。

英语和人交流，讲话时只有一点点外国人的口音。

这就是阿尔蒂加斯伯爵的过去，神秘异常之人的经历可谓曲折之至，这就是他的现在他个人的财产从何而来——很显然，使他像个阔绰的绅士般生活的财产十分可观——他平常住在哪里，至少他的船籍港在哪里，没人能说得准，而且也没有人敢于打听这样的问题；因为，他不爱与人交往。他不是那种会在记者采访时让自己的名誉受损甚至让美国记者渔翁得利的人。

人们对于他的了解仅限于报刊之上的报道“埃巴”号出现在某一港口，特别是美国的报道。实际上双桅纵帆船定期到达美国以便补充远航所需的物资，这种事是必不可少的事情，船上不仅补充粮食、面粉、饼干、罐头、干肉及鲜肉，整牛、整羊、葡萄酒、啤酒、白酒，而且还买衣服、器具、奢饰品和生活必须品——全是用高价购买的，或用美元或用几尼[①]或是其他国家货币付款。

由此可知，阿蒂加斯伯爵在弗罗里达半岛到新英格兰的沿海各港口声名显赫。

因此，对海尔斯福尔疗养院为伯爵想要来院参观深感荣幸并要热情地接待就不必大惊小怪了。

这回是“埃巴”号双桅纵帆船第一次在新贝尔纳港口停泊。也许是该船的船东唯一一次的心血来潮才把该船驶到了娜兹河的河口。他来这里做什么？补充给养？不，因为庞普利科一苏德无法提供像波士顿、纽约、萨凡纳、北卡罗来纳州的威尔明顿和南卡罗莱纳州的查尔斯顿等港

① 英国旧货币单位，合 21 先令

口所能提供的各类船需用品。在娜兹河河口岸附近，在新贝尔纳市的规模不大的市场上，阿尔蒂加斯伯爵手中的皮阿斯特[①]和钞票能买到什么东西？克莱文郡的首府所在地的这座城市只有五、六千居民。商业上只是局限于粮食、生猪、家具、航海装备等商品的出口。何况，几个星期之前，当双桅纵帆船在查尔斯顿停靠的时候，船上已装满了货物，它究竟要驶往何处，人们不得而知。

于是，这位神秘的人物来了，他唯一的目的就是要参观海尔斯福尔疗养院吗？……也许是吧，对此不必大惊小怪，因为这家疗养院久负盛名，而且名副其实。

也许是阿尔蒂加斯心血来潮，想会一会托玛斯·罗克？法国发明家享誉全球的盛名足以引起他的好奇心。这是一个天才的疯子，他的发明使得现代军事艺术的诸多方面发生了革命化的变化！

正如前面所述，阿尔蒂加斯伯爵请求参观疗养院，下午，在“埃巴”号船长的陪同下，他出现在疗养院的门前。

按照院长的吩咐，这两个人获准参观疗养院，他们被领到了院长办公室。

对阿尔蒂加斯伯爵来院参观表示热烈欢迎，招呼周到的疗养院院长不想让任何人有充当伯爵参观向导的荣幸，并接受了伯爵真挚的谢意。当他们参观院内公用大厅和单人病房的时候，院长便滔滔不绝地讲起了疗养院对于病人的治疗——如果人们相信的话，在他这里治疗远远强于病人在自己的家中所接受的治疗，他不停地说着在疗养院内的治疗费用

---

① 埃及等国的货币。

昂贵，但疗效显著。其结果是使海尔斯福尔疗养院取得了令人称道的成绩。

没有放弃惯常表现出的冷漠的阿尔蒂加斯伯爵听着，似乎对这位滔滔不绝地讲着话的院长的介绍挺感兴趣，大概是要更好地掩饰此次来疗养院参观的目的。但是，在疗养院内的各处逛了一个小时之后，他认为自己该问一下了：

“院长先生，您这里是否住着一位病人，近一段时间以来，公众对他议论纷纷，而且，他甚至在很大程度上吸引了公众对于海尔斯福尔疗养院的关注？”

“我想您指的是托玛斯·罗克，伯爵先生……”院长问。

“是的……这位法国人……这位发明家的理智似乎受到了严重的损害……”

“非常严重，伯爵先生，而且他或许应该庆幸他成了现在这么个样子！我认为人类从他的那些业已增多了杀伤手段的发明中不会得到益处……”

“这是睿智的想法，院长先生，在这一点上，我的观点和您的一致。真正的进步不应该体现在这一方面上，我看到一些本质不好的天才成了邪恶的天才。而这位科学家是否完全丧失了智力功能？……”

“完全……不……伯爵先生，只是在日常的小事上。在这一方面，他既无理解力也无法对自己的行为负责。可是，他在发明方面的天才却是完好无损的，他的精神状态虽然日趋恶化，可他依然活着，如果人们屈从于他那超出常理的要求的话，我相信他会抛出另一种新型导弹……人类根本不需要这玩意儿……”

“完全不需要，院长先生。”阿尔蒂加斯伯爵说道，斯巴德船长似乎同意他的说法。

“此外，伯爵先生，您可以亲自判断。我们已经到了托玛斯·罗克住的楼前。从公共安全的角度出发，把他幽禁起来是十分合情合理的事情，但他仍然受到应有和必要的照顾，而且，他住在海尔斯福尔疗养院可以确保他躲避不知趣儿的人的骚扰，这些人也许想……”

说到这里，院长意味深长地点了一下头，用以补充他没有说完的话——而来访者的唇上则浮现出一丝让人难以觉察出来的微笑。

“那么，”阿尔蒂加斯伯爵问，“你们从来没有让托玛斯·罗克单独待过吧？”

“从来没有，伯爵先生，从未有过，他的身旁有位会讲法语，时时刻刻监护着他的看护，我们绝对信任他。在遇到不经意从他嘴里吐露出一点儿有关他发明的蛛丝马迹时，他吐出来的只言片语将立刻被搜集起来，有关方面的人士将要研究一下这会有什么样的实用价值。”

这时候，阿尔蒂加斯伯爵朝斯巴德船长迅速瞥了一眼，而船长用了一个似乎在说“明白了”的手势权作回答。实际上，如果仔细观察一下斯巴德船长，便会发现在参观过程中，他已特别仔细地观察过十七号楼周围的情况，以及它四周的各个出口，很有可能是事先谋划好的。

十七号楼四周的花园紧挨着海尔斯福尔疗养院的围墙。围墙之外，便是一座小山，围墙围住的是小山的底部，小山的背面是一道舒缓的斜坡，一直延伸到娜兹河的右岸。

这座楼实际上只有一层，上面是个意大利式的平台。底层有两个房间和一间会客室，窗上全都安着铁护栏。楼房外面，梧桐密布，郁郁葱葱。再往前是一片青翠欲滴，如丝绒般柔滑的草坪，草坪上灌木丛生，繁花竞放。这座约有半亩大的花园仅供托玛斯·罗克一人独用，他可在看护的监视下，自由自在地漫步。

当阿尔蒂加斯伯爵、斯巴德船长和院长走进花园的时候，看护盖东恰好站在楼门口。

阿尔蒂加斯伯爵的目光立刻落在了这位看护的身上，他好像在用一种特殊的目光观察着他，可院长并没有注意到这一点。

陌生人来拜访十七号楼的主人并非是头一回，然而引起盖东注意的是眼前出现的这两个人挺古怪，他不知道他们是哪国人。虽然他对阿尔蒂加斯伯爵的大名早有耳闻，但他从来没有机会遇到这位有钱的绅士。他不知道“埃巴”号的双桅纵帆船已泊在娜兹河河口处，就在疗养院的小山的山脚下。

“盖东，”院长问，“托玛斯·罗克现在在哪里？”

“在那儿，”盖东一面用手指着楼后的树荫下散着步，一副若有所思的样子的那个人，一面回答说。

“阿尔蒂加斯伯爵已获准参观海尔斯福尔疗养院，他在离开之前想见一见近日来人们议论纷纷的托玛斯·罗克。”

“联邦政府要是没有采取措施把他关在疗养院里的话，人们对他的议论会更多。”

“必要的措施，伯爵先生。”

“的确必要，院长先生，为了世界的安宁，最好让这位发明家和他的秘密一起毁灭。”

盖东看了一眼阿尔蒂加斯伯爵，一言未发，他领着两位来客向花园深处的树丛走去。

两位来客只走了几步便到了托玛斯·罗克的身边。

托玛斯·罗克没有看见他们朝自己走过来。当他们接近他身边的时候，可以推测得出他并没有注意到他们的出现。

在这段时间里，不动声色的斯巴德船长不停地观察着四周的布局，以及十七号楼在疗养院内的低洼处的位置。当他登上倾斜的小径时，他清楚地看到了矗立在围墙之上的一根船上的桅顶。他只是瞥了一眼便认出这是“埃巴”号双桅纵帆船的桅顶，这样一来他就可以确定疗养院围墙的这一边儿位于娜兹河的右岸。

然而，阿尔蒂加斯伯爵此时却一直端详着法国发明家。这个人的身体依然很强壮——他看得出来——他的健康似乎没有被这十八个月的非法监禁给搞垮。但是他举止古怪，动作不连贯，眼神惊恐不安，对于周围的一切漠不关心，种种症状清楚地表明他已完全陷入了无意识和智力严重衰竭的状态。

托玛斯·罗克刚刚坐在一个凳子上，手里拿着一根拐杖。他用拐杖在小径的地上画出一个防御工事的图样，然后，蹲在地上，用沙子堆成了一些明显带有棱堡模样的小沙堆。然后，从他身旁的一棵灌木植物上摘下了几片叶子。他把叶子放在沙堆上，仿佛许多小旗子——这一切他做得很认真，根本没有注意正在盯着他看的这几个人。

这很像小孩子们玩的游戏，可是一个孩子是不会给人类带来严重后果的。

“他彻底疯了吗？”虽然平日里一向镇定自若，可这会儿都显得有些沮丧的阿尔蒂加斯伯爵问道。

“我早就对您说过了，伯爵先生，从他的嘴里什么也得不到，”院长回答说。

“他至少应该注意到我们吧？”

“让他做到这点大概有些困难，”这时，院长朝着看护转过身去。“盖东，跟他讲几句话，也许听到您的声音，他会答上几句？”

“他会回答我的，放心，院长先生。”盖东说。随后，他拍着病人的肩膀说：“托玛斯·罗克？……”他以相当温柔的口吻说。

托玛斯·罗克抬起了头，在所有在场的人中，他可能只看到了看护他的人，尽管阿尔蒂加斯伯爵、斯巴德船长向他走过来，和院长一起在他的身边围拢起来。

“托玛斯·罗克，”盖东用英语说，“这两位外国人想要见您……他们很关心您的健康……关心您的工作……”

只有最后一句话好像把发明家从漠然的态度中拉了出来。

“我的工作？……”他反问道，他讲的是英语，其流利程度和他讲的母语一样。

随后，他捡起一块石子，像小孩子弹玻璃球一样，用弯曲的拇指和食指将球儿弹了出去。把一个小沙滩弄塌了。

他快乐地叫了起来：

“塌了！……碉堡塌了！……我的炸药只一下子就把一切都毁掉了！”

托玛斯·罗克站起身来，眼睛里闪烁着胜利的光芒。

“您看到了，”院长对阿尔蒂加斯伯爵说，“他的发明欲望从未停止过。”

“而且会和他一起死去！”看护盖东说。

“盖东，您能不能用他的‘闪光弹’引导他一下？”

“如果您命令我这样去做，院长先生，我试试。”

“我要您试试，因为我认为阿尔蒂加斯伯爵对这很感兴趣。”

“是的。”阿尔蒂加斯伯爵说，他依然不动声色没有让人觉察出他内心的激动。

“我得告诉您，这样做会让他再次犯病。”看护提醒说。

“您认为合适的时候就停止与他讲话。告诉托玛斯·罗克，有个外国人想要和他谈谈购买他的‘闪光弹’的事情。”

“但是您不担心他会泄露秘密吗？”阿尔蒂加斯伯爵反问道。

伯爵狡黠地说完了这句话，盖东不由自主地向他投去了一丝怀疑的目光，但这位高深莫测的人并未对此感到不安。

“不用害怕，”他回答说，“任何许诺都不会让托玛斯·罗克讲出秘密！只要我们不把他所要求的好几百万放在他的手中。”

“我身上没有带着这么大一笔钱，”阿尔蒂加斯伯爵平静地说。

盖东又转向病号，和刚才一样拍了拍他的肩膀。

“托玛斯·罗克，”他说，“这里有两位外国人，他们想买您的发明。”

“我的发明！”他叫了起来，“我的炸药，我的‘闪光弹’？”

愈加激动的表现说明盖东刚刚讲的并非虚言，他的病情发作就是由这类问题引起的。

“你们要多少钱买走它？多少？”托玛斯·罗克不停地问。

许以重金没有什么不便的。

“一千万美元。”盖东答道。

“一千万？”托玛斯·罗克叫道，“一千万……一个威力比至今为止所有的武器要大上一千万倍的‘闪光弹’就值一千万？一千万就想得到有自动推进装置的导弹，要知道，它爆炸时能摧毁一万平方米以内的所有建筑物！一千万就想买下只用一种燃爆剂就可以让它爆炸的导弹！即使用世界上所有的财富也不足以购买我的导弹的秘密。我宁愿把这项发明的秘密烂在我的肚子里，也不想把它以这样的价格拱手让给别人！当这东西值十亿……十亿……十亿的时候以一千万的价格把它给卖了！”

当托玛斯·罗克和别人讨价还价的时候，充分地表现出他是一个对事物没有任何概念的人。即使盖东向他报一百亿的价，这个精神失常的人也会索要更高的价。

阿尔蒂加斯伯爵和斯巴德船长自他的疯病发作开始，一直观察着他，伯爵依旧是一副神色自若的样子，尽管他脸色变得阴沉起来。斯巴德船长摇着头，仿佛在说："显而易见，从这个可怜虫的身上什么也得不到！"

托玛斯·罗克跑开了，他跑着穿过花园，用一种因愤怒而哽住的声音喊着："几十亿……几十亿！"

盖东对院长说："我早就对您说过！"

然后，他开始追赶他的病人，追上他后，抓住了他的胳膊，托玛斯·罗克没有过于反抗，盖东把他带进了病房，随后立刻关上了房门。

阿尔蒂加斯伯爵和院长单独地待在一起，而斯巴德船长趁此机会最后一次绕着围墙脚下的花园走了一圈儿。

"我一点都没夸大其词，伯爵先生，"院长说，"托玛斯·罗克的病情显然在日益恶化。我看他的精神病治不好。即使我们给了他所要求的全部的钱，也别想从他的嘴里得到什么。"

"很有可能，"阿尔蒂加斯伯爵答道，"可是，虽然他开的价到了荒谬无比的地步，可他毕竟发明了威力无比的导弹……"

"这是权威人士们的意思，伯爵先生，但是，他犯病的次数日趋频繁，而且一次比一次严重，迟早有那么一天，他的某次发作会让他的发明和他一起消失。甚至，用不了多久，好像是活在他心中的唯一目的，他的利益的动机也将消失。"

"也许仇恨的动机还会存在！"阿尔蒂加斯伯爵喃喃地说，这时候，斯巴德船长来到了花园的门口来和他会合。

三、一石二鸟

半个小时以后，阿尔蒂加斯伯爵和斯巴德船长沿着娜兹河右岸和疗养院之间的小路上走着，路旁长着百年以的老山毛榉树。两个人刚刚辞别了院长。院长对于他们的到访深感荣幸，他们二人则对院长的热情接待表示感谢。阿尔蒂加斯伯爵向院方人员赠送了一百多美元，这显示出他慷慨大方的禀性。怎么能怀疑他的动机呢？他是一位十分高尚的外国人，如果他的高尚是用他的慷慨衡量的话。

走出半山坡上关着的海尔斯福尔疗养院的栅栏门之前，阿尔蒂加斯伯爵和斯巴德船长曾绕着围墙走了一段路。围墙很高，足以打消一切翻墙而过的企图。伯爵沉思着，而船长，一般来说有等他先开口然后自己再讲话的习惯。

当伯爵的视线高出围墙墙头的十七号楼的时候，他停住了脚步对船长说："你有时间准确地了解过那地方的地形？……"

"准确，伯爵先生，"斯巴德船长答道，同时强调着这位外国人的爵位。

"您没有遗漏什么细节吧？"

"没有。您坚持要按原计划实施吗？"

"我坚持，斯巴德。"

"不管托玛斯·罗克现在的精神状态？"

"不管他的状态如何，如果我们能把他劫走的话……"

"这个，这是我的事。天一黑，我就进入海尔斯福尔疗养院院内，然后，再溜进十七号楼边儿上的花园，神不知，鬼不觉。"

"从大门处的栅栏门？"

"不，从这头儿进。"

"可这头儿有墙，翻过墙后，你怎么和托玛斯·罗克一起再翻出来呢？万一那疯子叫喊起来，他要是挣扎反抗，他的看护要是报警。"

"您不用担心这些事，我们只要从这个门进出就行。"

斯巴德船长用手指着几步之外的一道小门，它开在围墙中间，也许是供疗养院内的工作人员到娜兹河沿岸出诊时才用的。

"我们从小门进入疗养院，"斯巴德船长说，"而且，不必用梯子。"

"小门是关着的。"

"它会被打开的。"

"难道里面没有门闩吗？"

"当我绕着花园散步时把门闩拨开了，院长什么都没看见。"

阿尔蒂加斯走到小门边上，说："你怎么打开它？"

"喏，钥匙，"斯巴德船长回答说。他拿出一把钥匙，这是他把门闩拉开了的时候顺势拔下来的。

"这再好不过了，斯巴德。"阿尔蒂加斯伯爵说，"看来，绑架托玛斯·罗克不会太困难。咱们回船吧。八点钟左右，天黑的时候，船上的小艇把你和五个人带到岸边……"

"好吧，五个人。"斯巴德船长回答说，"即使那个守护发现了，五个人足够了，也许该把那位守护干掉。”

“干掉他？”阿尔蒂加斯伯爵反驳说，“也许……除非绝对必要时，但是，最好把那个叫盖东的也劫出来，把他带到‘埃巴’号上来。谁知道他是不是已经骗取了托玛斯·罗克的一部分秘密？”

“对。”

“而且，托玛斯·罗克已经适应了他，我不想改变他的习惯。”阿尔蒂加斯伯爵回答时意味深长地微笑着，目的是不让斯巴德误解自己对海尔斯福尔疗养院看护的作用的重视。

一石二鸟，绑架托玛斯·罗克和盖东两个人的计划就这样确定了，看来成功的机会很大，除非在天黑之前的这两个小时，有人发现那扇门的钥匙丢了，门闩被拉开，否则斯巴德船长和他带的人便能确定无疑地溜进海尔斯福尔疗养院院内。

此外，还需看到一点，疗养院除了对托玛斯·罗克实行特殊的监护之外，并没有对其他病员实行此等类型的措施，这种做法是对的。他们不可能进行有效的抵抗，甚至到喊声“救命”的地步，他们将成为斯巴德船长为了阿尔蒂加斯伯爵的利益所进行的绑架的牺牲品。

伯爵和船长朝着“埃巴”号船上的一只小艇等着他们的小湾走去。双桅纵帆船泊在两链[①]以外的地方。船帆被塞进浅黄色的套子中，船上的横桅规规矩矩地倾斜着，这是游艇上的习惯做法。船上顶饰以上的高度没有悬挂旗帜，只有主桅顶上飘着一面轻薄的红色燕尾旗，被将要停下

① 旧时距离的计算单位，一链约合二百米。

的东风勉勉强强地吹拂着。

阿尔蒂加斯伯爵和斯巴德船长登上了小艇，四桨齐划，不大会儿的功夫，他们便来到了双桅纵帆船船旁，攀上了横梯，上了船。

当斯巴德船长下达最后命令的时候，阿尔蒂加斯伯爵立刻回到了船尾的舱房之中。

走到艏楼旁边的时候，他俯下身子越过了左舷舷墙之外，用眼睛寻找着一个在几寻[①]之外飘浮着的物体。

这是一个小浮标，它在娜兹河退潮时发出汩汩之声的水中抖动着。

天色渐渐地黑了下来。曲曲折折的娜兹河左岸的新贝尔纳城开始变得朦胧起来，逐渐地消失在黑黑的夜色之中，西边的天空依然残留着火焰一般的火烧云，映视出黑黝黝房屋的轮廓。相反的方向，天空之上有几片浓云，暮色苍茫。但是，人们不必担心会下雨，因为这几片云彩高悬于天空之上。

将近七点钟的时候，新贝尔纳城华灯初上，高低不同、错落有致的房屋中的灯光闪闪烁烁，与此同时，低处房屋中的灯光曲曲折折地倒映在水中，随着逐渐减弱的微风的吹拂摇曳起舞。渔船缓缓地溯流而上，栖在港口的小湾之中，一些渔船将船帆放松，追寻着最后一丝微风，而另一些渔船则是徐徐地驶着，从远处传来了它们有节奏的划桨声。两艘汽船经过时，它们的两个裹着浓烟的烟囱里迸出来点点火星，强劲的桨叶拨动着河水，轻甲板下的机器上的平衡杆上下翻动着，像头水怪在咆哮。

① 古代长度单位，八尺叫一寻。

八点钟时，阿尔蒂加斯伯爵来到甲板上，身边有一个五十来岁的人陪着，伯爵对那个人说："时间到了，赛尔科。"

"我去通知斯巴德。"赛尔科答道。

船长来到了他们的身旁。

"准备出发，"阿尔蒂加斯伯爵对他说。

"我们全都准备好了。"

"你要做到海尔斯福尔疗养院内无人察觉，也不要让他们怀疑托玛斯·罗克和他的看护被弄到'埃巴'号船上来。"

"他们要是到咱们的船上找，就让他们在任何地方都找不到他们。"赛尔科补充说。

他一面心情愉悦地微笑着一面耸了耸肩膀。

小艇准备完毕。斯巴德船长和五个人上了小艇，他们中的四个人拿起了船桨。第五个人是水手长埃费隆达，他负责看守小艇，他来到了船长的身旁，准备掌舵。

"祝你好运，斯巴德，"赛尔科笑着喊道，"别弄出什么声儿来，就像一位堕入情网的人去劫走他的美人儿。"

"是的，除非那个盖东……"

"我们需要托玛斯·罗克和盖东两个人，"阿尔蒂加斯伯爵说。

"明白！"斯巴德船长答道。

小艇离开了双桅纵帆船，众水手目送着它直至它消失在茫茫的夜色之中为止。

值得一提的是在等着小艇返回的这段时间里，"埃巴"号并没有做任何开航的准备工作。它大概根本没有想过在绑架托玛斯·罗克和盖东后离开新贝尔纳。的确，它怎么能够驶入远海呢？水面上连一丝风都没有，半个小时以后在娜兹河上游几英里远的地方才会有浪涛涌动。因此，双桅纵横船并不着急开航。

“埃巴”号停泊在距河岸两链远的地方，它本可以停泊在离岸更近些的地方，而且依然能保证它停泊在十五至二十英尺深的水中。这样的话，当小艇返回并靠上双桅纵横船时，斯巴德船长和他的几个人上船就会容易些。但是，船上之所以没有这样做是因为阿尔蒂加斯伯爵认为有不下达命令去这样做的理由。

小艇用了几分钟的时间便靠了岸，没有被任何人发现。

河岸上空荡荡的，沿着海尔福尔斯疗养院墙边，被巨大的山毛榉树遮蔽着的小路也是空无一人。

四爪锚被抛到岸上,牢牢地嵌入土中。斯巴德船长和四名水手上了岸，把水手长留在了船上，他们消失在树丛形成的昏暗的穹拱之中了。

来到疗养院的围墙脚下，斯巴德船长停了下来，他的四个人分散在门的两旁。

由于早有准备，所以斯巴德船长只要把钥匙插进锁孔，然后推一下门就行了，除非有个疗养院的杂役发现门没有像往常那样被锁上，他从里面把门栓再别上。

在这种情况下，同时绑架两个人就会十分困难，甚至姑且认为船长他们几个人可以翻墙而出。

斯巴德船长先把耳朵贴在门板上。

疗养院的院子里，十七号楼的周围没有任何人来往走动，掩隐着小路的山毛榉树的树叶纹丝不动。在这样一个无风的夜晚，这处空旷之地的各个角落全是令人窒息的一片沉寂。

斯巴德船长从口袋里掏出钥匙，将它插进锁孔，锁舌转动了一下，再轻轻地一推，门就由外向里地推开了。

一切都是老样子，与伯爵和船长这两位参观者在白天离开时一模一样。

斯巴德船长确信十七号楼周围没有人活动之后，他往里走去，四名水手跟在他的身后。

只需轻轻一推门就被推开了，这样一来，斯巴德船长和几名水手便迅速地窜入疗养院的院内。

他们几个人来到了耸立着几棵大树的地方，这地方灌木丛零星散布，非常昏暗，如果没有从十七号楼的一个窗子里散射出来的灯光的话，就无法辨认出它究竟在哪里。

毫无疑问，这扇窗户所在的房间正是托玛斯·罗克和看护盖东所住的病房，因为盖东不论白天黑夜都不会离开院方委托他负责监视的病人。因此，斯巴德船长料到会在十七号楼里找到他。

船长和四名水手小心翼翼地往前走，以免踢到一块石子，踩断一根树枝从而暴露出他们的行踪，就这样，他们来到了楼旁，准备接近这座楼的侧门，它旁边的窗子里的灯光透过屋内窗帘的褶皱折射了出来。

但是，这扇门若是关着的，怎样才能走进托玛斯·罗克的病房呢?这正是斯巴德船长所想的。既然手中没有打开房门的钥匙，也许必须打碎一块窗玻璃，从里面拧开窗户的长插销，冲进屋内，以迅雷不及掩耳之势抓住盖东，使他不能喊出“救命”的声音出来。实际上，不这样去做还会有其他什么办法呢?

然而，动用武力会招致某种危险，斯巴德船长心中很明白，对于他来讲，动点心思往往要比动用武力强。可他没有选择的余地，并且，绑架托玛斯·罗克才是大事——按照阿尔蒂加斯伯爵的意图，绑架盖东是顺手牵的羊——应不惜一切代价做好这几件事。

斯巴德船长来到了窗下，透过窗帘缝儿，他清楚地看到了屋内的情况。

盖东在房里面，待在托玛斯·罗克的身旁，自阿尔蒂加斯伯爵走后他这次的发作还没有结束。病人发作时需要特殊的护疗，盖东正按照房内的第三个人的指示对病人进行着医护。

这个人是海尔斯福尔疗养院的医生。他是院长立即派往十七号楼的。

很显然，这位医生在场只能使形势更加复杂，而且增加了绑架的难度。

托玛斯·罗克穿得整整齐齐地直挺在一张长椅上，这时，他显得比较平静，病势慢慢地缓和下来，随后就是几个小时的昏睡和麻木。

当斯巴德船长把身子伸到窗子的高度时，医生正准备离开。斯巴德竖起耳朵，听见医生对盖东说今晚可以平安地过去了，他无须再过来问病人的病情。

说完这番话，医生朝门走来，对于这扇门，我们不会忘记，它就在窗户的旁边，在这种情形下，他们几个若不在附近的树丛后隐藏起来，蜷缩起身子，就会被发现，不单被医生发现，而且也会被正准备送医生出来的看护发现。

当房内的两个人出现在门外的台阶前，斯巴德船长做了手势，水手们四散开来，而他则趴到墙角下。

幸好房内灯还亮着，这样他们就无需点灯，也不会有被灯光照上暴露出自己的危险。

在向盖东告辞的时候，医生在第一阶石阶上停了下来。

“这是我们的病人所经受的最为严重的一次打击！这样的发作无须多，只要再发生三次，就会把他仅存的一点理智弄得荡然无存！”

“既然如此，院长为什么不禁止来客参观十七号楼。正是由于某个叫阿尔蒂加斯伯爵，他向托玛斯·罗克讲了些话才把我们的病人弄成了您刚才看到的这个样子。”

“我会提醒院长注意这方面的问题。”医生说。

医生下了台阶，盖东陪着他一直走到坡径的尽头，而房门却一直虚掩着。

斯巴德船长等到他俩走了二十步远，便立起身子，水手们又聚在他的身边。

他们该不该利用这碰巧的机会溜进屋内，先绑架已陷入半睡半醒状态的托玛斯·罗克，然后再等到盖东回来把他制服呢？

但是，看护一旦发现托玛斯·罗克不见了，就会开始到处寻找，呼叫，报警，那个医生会马上跑回来，海尔斯福尔医院的工作人员会被吵醒……斯巴德船长大概来不及跑到围墙处，越门而出，再随手关上门。

但是，他无暇去思考这个问题，沙地上传来的一阵脚步声说明盖东正朝十七号楼走来，最好马上扑过去，在他喊出声报警之前堵住他的嘴，不要让他喊出声来，使他无力进行反抗，四名水手，甚至算上他，五个人，一起对付他，可以轻而易举地办到。至于劫持托玛斯·罗克，则不会有任何麻烦，因为这位可怜的精神病患者意识不到别人会对他采取什么行动。

这时，盖东刚刚绕过灌木丛，朝台阶方向走过来。但是，当他走上第一个台阶的时候，四名水手便猛扑过去把他掀翻在地，他还没来得及喊出声来便被人用手帕堵住了嘴，用一块布捂住了眼睛，双手、双脚都被捆了起来，动弹不得。

两名水手留在外面，看着盖东，斯巴德船长和另两名水手进了屋。

不出斯巴德船长所料，托玛斯・罗克正处于一种昏昏沉沉的状态，这么大的声响都没有把他吵醒。他躺在长椅上，双目紧闭，如果他的呼吸不是那么急促，真的会让人以为他已经死了。看来，似乎没有必要用绳子捆上他，用布堵住他的嘴。只需一个水手抬着他的双脚，另一名水手抬着他的头就行了，而且把他一直抬到由水手长看着的双桅纵横船的小艇上去。这件事，用了不大的功夫就完成了。

斯巴德船长最后一个离开的病房，离开前，他小心翼翼地熄灭了灯，关好了门。这样，绑架事件只有在第二天才会被发现，最早也得在天亮的时候。

把盖东弄到小艇上，用的也是同样的方法，做起来并不费劲儿。另外两名水手抬着他，绕过树丛，穿过花园，来到了围墙下。

疗养院的这一侧依旧是悄然无声，夜色更浓了，甚至连海尔斯福尔疗养院内小山背面高坡上的楼房和其他小楼中的灯光都看不见。

到了门前，斯巴德船长只需把门轻轻地一拉，就把门打开了。

抬着看护的两名水手首先出了门，抬着托玛斯・罗克的另两名水手接着出了门。然后，该轮到斯巴德船长出门了，他用钥匙锁上门，打算一登上“埃巴”号的小艇就把钥匙扔进娜兹河中。

路上没有人，河岸上同样寂静无声。

走了二十步后，他碰上了正坐在岸边斜坡上等他们的水手长埃费隆达。

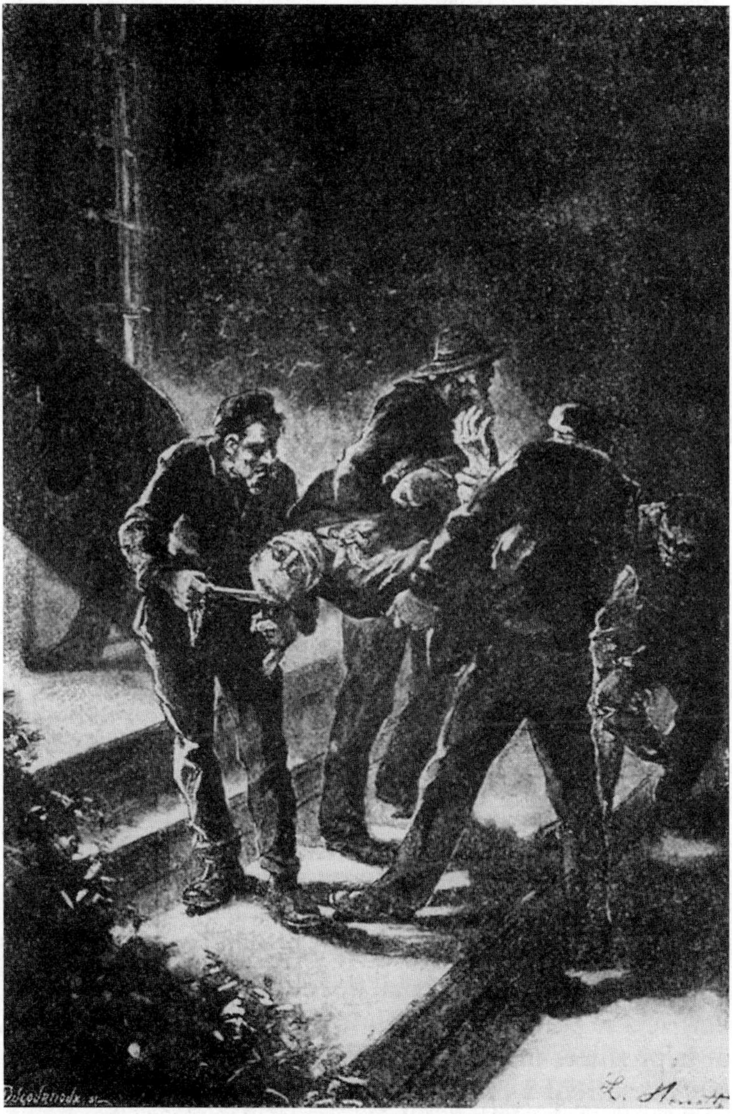

斯巴德船长和四名水手登上了小艇，将托玛斯·罗克和盖东安置在船尾。

“抛出四爪锚，快点儿。”斯巴德船长对水手长说。

水手长执行完命令，然后，顺着绳索滑下，最后一个上了小艇。

四个船桨击着水面，小艇向双桅纵横船划去。前桅桅顶上亮着的一盏灯标志着该船停泊的位置。

两分钟以后，小艇的船舷紧紧地贴上了“埃巴”号的船舷。

阿尔蒂加斯伯爵依在舷门软梯旁的舷墙上。

“完事儿了，斯巴德？”他问道。

“完事儿了。”

“两个人全都……”

“两个人……看护和被看护者……”

在夜里绑架了两个人后，依然把船泊在这处锚地上，这样做岂不十分危险吗？“埃巴”号泊在海尔斯福尔疗养院的附近，它大概会被人怀疑，得接受新贝尔纳警察的搜查。处于这样的情形之中，阿尔蒂加斯伯爵要想让他的两个“囚徒”不被警方发现，他做到天衣无缝、无懈可击了吗？

不管怎么样，在小艇返回一个小时后，除了值班人员躺在船首外，船员们全都回到了船员舱，阿尔蒂加斯伯爵、赛尔科、斯巴德回到了他们各自的舱房，所有的人全在一动不动地停泊在静静的娜兹河河湾中的双桅纵帆船上睡着了。

四、“埃巴”号的双桅纵帆船

第二天，“埃巴”号开始不慌不忙地进行启航的准备工作，从新贝尔纳码头的顶端处可以看到船上的船员用水冲过船甲板之后，正在埃费隆达的领导下，把船帆从套中取出，松开短索，装上吊索，把小艇吊起，以便开航。

早上八点钟，阿尔蒂加斯伯爵还没露面。他的同伴，赛尔科工程师——船上的人是这样称呼他的——依然待在他的舱房里，而斯巴德船长，他正忙着向水手们下达着马上就要启航的指令。

“埃巴”号虽未出现在北美或联合王国①举办的帆船比赛上，可它毕竟是艘经过精雕细琢的快艇。船上高耸的桅杆、宽大的船帆、交叉的横帆、吃水深度均可保证该船具有极大的稳定性，当它满帆航行时，具有流线型的船头、纤细的船尾，令人赞叹地显现出来的水线，所有这一切充分地表明这是一艘快捷无比，适于在远海航行，能抵住狂风恶浪的船。

实际上，当“埃巴”号逼风行驶时，哪怕是强风，它都可以轻而易

① 指英国。

举地达到一小时十二海里的航速。

的确，帆船总得受制于变幻无常的天气。大海上风平浪静的时候，它们就不得不委委屈屈地停止航行。因此，它们虽具有某些让蒸汽船望尘莫及的优点，但是却无法保证像后者那样用蒸汽所提供的动力随时启航。

因此，权衡了孰优孰劣之后，就可以知道综合了船帆和螺旋桨各自优点的船只才是最佳船只。但是，这或许不是阿尔蒂加斯伯爵的观点，因为他只满足于乘坐一艘供其远航的双桅纵帆船，即使是跨越大西洋，驶往另一个大洋时，也是如此。

这天早上,微风从西面徐徐吹来。因此,“埃巴”号若想驶出娜兹河湾，穿过庞普利科—苏德湖，抵达连结该湖和远海的某处海峡，这样的风势对它的航行有利。

两个小时以后，“埃巴”号仍然在它的锚地上摇摆着，退潮时的海水把船上的锚链拉得直直的。为了避免退潮的海水冲击双桅纵帆船，帆船的船头对着娜兹河的河口。昨天晚上，在船的右舷漂浮着的小浮标想必已在夜里被吊到船上，因为现在看不到它在汩汩发声的水中显现。

突然，从一英里之外的地方传来一声炮响。海岸上布置的排炮上方升起了一缕轻烟。随后，作为回应，分布在大海旁一连串长长的岛屿上的排炮阵地也发出了隆隆的炮声。

这时候，阿尔蒂加斯伯爵和赛尔科工程师出现在甲板上。

船长斯巴德走到他们的身旁。

“是炮响。”他说。

“果然不出我们所料。”赛尔科工程师一面说道一面耸了耸肩。

"这说明我们干的事情已被海尔斯福尔疗养院的人发现了。"斯巴德船长说。

"肯定，"赛尔科工程师答道，"而这声炮响说明有关方面已下达了封闭航道的命令。"

"这与我们有什么关系？"阿尔蒂加斯伯爵以一种平静的口吻说。

"没有任何关系。"赛尔科工程师应声道。

斯巴德船长说的没错儿，这时候，海尔斯福尔疗养院的人已经发现托玛斯·罗克和他的看护失踪了。

实际上，天亮的时候，去十七号楼进行例行巡诊的医生发现病房是空的。马上得知消息的院长命人在院内寻找。通过调查显示虽然位于小山低处的围墙的门是锁着的，但钥匙不见了，而且门闩被人从闩孔上拨开了。

毫无疑问，绑架者是在傍晚或夜里从这道门进出的。是谁干的呢？对此，人们根本无法对这一事件进行推测，甚至怀疑谁是作案者都不可能。人们只知道昨天晚上将近七点钟的时候，疗养院的一位医生去看急性发作的托玛斯·罗克。对他进行了一番护理之后，由于病人处于一种毫无知觉的状况，医生便在守护盖东的陪同下离开了小楼，看护盖东一直把他送到了十七号楼楼侧的小路的尽头处。

接下来发生过什么事？无人知晓。

托玛斯·罗克和看护盖东两个人被绑架的消息通过电报传到了新贝尔纳，从那里再传到罗利。北卡罗来纳州州长以急电的方式迅速地下达了命令：未经过仔细搜查就不让任何一条船离开庞普利科—苏德湖。另一份急电又通知"法尔贡"巡洋舰准备执行上述任务。与此同时，还下达了在全州范围内对城市和乡村进行监控的严厉规定。

因此，由于这一命令的缘故，阿尔蒂加斯伯爵可以看到在河湾两海里处，法尔贡巡洋舰开始做开航的准备工作。然而，双桅纵帆船起码在一个小时的时间内不必担心被巡洋舰追踪。

“起锚吗？”斯巴德船长问。

“起锚，既然风势这么好;但是，不要表现出任何匆匆忙忙的样子来。”阿尔蒂加斯伯爵说。

“的确，”赛尔科工程师补充说，“现在，庞普利科—苏德湖的各个出口应被监视起来了，没有一艘船可以在到达外海之前逃脱掉那些好奇而又漫不经心的绅士们的光顾。”

“但我们还是要做开航的准备工作，”阿尔蒂加斯伯爵命令道，“当巡航舰上的军官或是海关的官员们搜查完‘埃巴’号之后，对于我们的船来说出港的禁令就会被解除，如果到了那时他们还不让我们的船自由地通行，我会不胜惊讶的。”

“我们有充分的理由希望我们的航行一帆风顺并且迅速地返回！”赛尔科工程师说，说完这话，深深地一笑。

当新贝尔纳当局得到消息后，首先想到的是托马斯·罗克和他的看护是逃跑，还是被绑架。由于逃跑没有盖东的配合就无法做到，所以这个想法被否定了。在疗养院和行政当局的负责人看来，看护盖东的行为没有值得怀疑的地方。

因此，这是一次绑架事件，可以想象得出这一事件在城里产生了什么样的影响。受到严密保护的法国发明家竟然失踪了！而那个尚未被任何人掌握的“闪光弹”的秘密也和他一起消失了。这难道不会引起严重的后果吗？对于美国人来说，新型导弹的发明的秘密岂不最终失去了？

假如此次绑架行动是为了他国的利益，那么这个国家岂不最终得到了托玛斯·罗克，将其掌握在股掌之中，而联邦政府岂不是一无所获？的确，民众怎么能够想象地出策划这次绑架案的人的所作所为只是为了某个人的利益而干的？

在北卡罗来州的各个地方均采取了严密的措施。公路、铁路沿线、城市住宅区和乡村附近都采取了特殊的警戒措施。至于海上，自威尔明顿至诺福克的沿海地区均被封锁。所有的船只都免不了要接受军人或警察的搜查，稍有疑点就会被扣留。不仅“法尔贡”巡洋舰在做着开航的准备工作，就连几艘在庞普利科—苏德湖上待命的小火轮都要搜查来自四面八方的商船、游艇、渔船——不管它们是停留在锚地还是准备扬帆出海的船只。

然而，“埃巴”号的双桅纵帆船这时已处于可以起锚的状态。总的说，阿尔蒂加斯伯爵对于如果美国当局在他船上找到托玛琪·罗克和盖东两个人他就会暴露好像一点儿都不担心。

将近九点钟的时候，最后几项启航操作程序进行完毕。船员们转动锚链。锚链通过导缆孔将锚吊直，然后立即拉紧帆脚索。

当双桅纵帆船上的三角帆、前桅支索帆、前桅帆、主帆以及上桅帆全被扯起后，“埃巴”号便要绕过娜兹河左岸向东行驶。

在距新贝尔纳二十五公里处的地方，河湾突然弯成肘形，宽度没变，然后向西北方向延伸过去，渐渐变宽。驶过科洛顿和哈弗罗克后，“埃巴”号到了肘形河湾处，然后便紧贴着沿右岸刮过来的风朝北驶去。十一点钟的时候，船处于顺风行驶状态，它向希万岛驶去，越过此岛再往前就是庞普利科—苏德湖了，在这之前，它既没有碰上巡洋舰也没有碰到小火轮。

从希万岛至罗阿多可岛的这片水域宽阔,有一百公里长。靠海的一头,分布着一长串又长又窄的岛屿,从守望角到哈特拉斯角,从哈特拉斯角直至亨利角,亨利角位于北卡罗来纳州与弗吉尼亚城接壤的诺福克市的附近,从南向北环绕着天然堤坝。

夜间,坐落在几个小岛和岛屿上的各种各样的灯光把庞普利科—苏德湖照亮,给夜间航行的航船指明了方向,这样,船只便能十分容易地找到合适的锚地以避开大西洋的狂浪。

从庞普利科—苏德湖驶往大西洋有好几条航道。离希万岛万家灯火不远的地方就是奥克莱卡峡,它们分别叫劳哲海德峡、新海峡、俄勒冈峡。

面对这样的布局,双桅纵帆船只好走奥克莱卡航道,船员们猜到了“埃巴”号应该走这条航道,以便不更换前下角索行驶。

“法尔贡”号巡洋舰的确正在监视着庞普利科—苏德湖的这片湖面,搜查着准备出海的商船和渔船。实际上,在这个时候,接到政府命令的各个单位协同一致,每个出海口都被海军的军舰监控了起来,更不用说控制着外海的海岸炮台了。

穿行到奥克莱卡峡附近的“埃巴”号既不想靠近它,也不想躲开游弋在庞普利科—苏德湖中的小火轮。从表面上看,这艘快艇似乎在做晨练,它正在漫不经心地朝哈特拉斯峡驶去。

毫无疑问,阿尔蒂加斯伯爵的意思就是想让他的双桅纵帆船驶出这个航道,因为他的船在到达这片水域十五分钟后正朝这个方向驶去,其中原委,只有他本人知道。

直至此时,不论是海关官员还是巡洋舰上的军官都还没有登上“埃巴”

号搜查，尽管它没有躲避这种搜查的意思。此外，它要怎样做才能做到瞒天过海呢？

出于给予该船特殊优待的考虑，有关方面能同意让“埃巴”号免于搜查吗？人们是否认为阿尔蒂加斯伯爵地位显赫因而不打扰他的航行，哪怕只用一个小时的时间？这种想法并不成立，因为人们认为他只是一位拥有巨额财富，过着奢侈生活的外国人。总的说，没有人知道他是何许人，从何而来，又要往何处去。

就这样，双桅纵帆船以一种优雅的姿态，迅速的航行在平静的庞普利科—苏德湖中。插在斜桅上的船旗——鲜红色，旗角上绣着一弯金色的新月。

阿尔蒂加斯伯爵坐在船尾的一把藤椅上，这种椅子在游轮上常用，他正和赛尔科工程师和斯巴德船长聊天。

“看来联邦海军的军官先生们并不急于来向我们脱帽致敬。”赛尔科工程师提醒说。

“他们想什么时候来就什么时候来。”阿尔蒂加斯伯爵以一种无动于衷的口吻说。

“他们也许在等着我们到达哈特利斯峡。”斯巴德船长观察着说。

“让他们等着吧。”富有的船主总结道。

说完这句话后，他又恢复了惯有的冷冰冰的态度。

我们应该相信斯巴德船长的猜测会变为现实，因为很明显，“埃巴”号正向确定下来的峡湾驶去，“法尔贡”号巡洋舰之所以没有前来与“埃巴”号“理论”一番，是因为该舰在等双桅纵帆船到达航道出口时再进行搜查。如果双桅纵帆船想要驶出庞普利科—苏德湖驶入外海，在这个地方，它无法拒绝联邦政府官员的搜查。

此外，双桅纵帆船上的人好像并不想以任何方式逃避搜查。难道说托玛斯·罗克和盖东真的在船上被藏好了，以至于美国政府的官员们搜不出他们？

这种假设可以成立，阿尔蒂加斯伯爵要是知道他的“埃巴”号已经受到巡洋舰和海关快艇特别监视的话，他或许也就不会这么自信了。

实际上，外国人来海尔斯福尔疗养院参观这件事的本身就引起了人们对阿尔蒂加斯伯爵的注意。当然，疗养院的院长不可能有任何理由怀疑他参观疗养院的动机。但是，仅仅在他离开疗养院几个小时之后，病人和他的看护就双双被人劫走。而且，自他离开后，十七号楼再没有接待过任何人，没有任何人与托玛斯·罗克和盖东有过接触。因此，在重重疑点之中，行政当局开始考虑他本人是否参与了这次绑架。陪同阿尔蒂加斯伯爵来疗养院参观的那个人在观察过十七号楼四周的布局和情况后，难道不可以拨开门闩，取下钥匙，于夜幕降临时再次进入疗养院，溜进院内，在相对容易的条件下劫持了托玛斯·罗克和盖东，因为，“埃巴”号就在离疗养院围墙三链远的地方，事情的经过果真是这样的吗？

然而，在刚开始进行调查的时候，无论是疗养院的院长还是院内的工作人员都没有产生这样的怀疑。但是当他们看到“埃巴”号双桅纵帆船起锚开航，向娜兹河河湾下游驶去，朝庞普利科一苏德湖的一个出海口方向行进的时候，众人的猜疑加重了。

因此，奉新贝尔纳市有关当局之命，“法尔贡”号巡洋舰及海关的蒸汽快艇负责跟踪“埃巴”号双桅纵帆船。在它越过一个峡湾之前拦截住它，让它接受最为严格的搜查，船上的任何角落都不能放过，其中包括船舱、船员室、舱面室、货舱。除非确认托玛斯·罗克和盖东的确没被藏在船上，否则就不会让它自由通行。

阿尔蒂加斯伯爵确实没有料到他已受到特殊的怀疑，他的船已处于巡洋舰上的军官和海关蒸汽快艇上的海关官员们的特别监视之下。但是，即使他知道了，这位目中无人，趾高气扬的人会有一丝一毫的不安吗？

将近下午三点钟的时候，双桅纵帆船距哈特拉斯湾不到一海里了，它慢慢地变着航向以便让船维持在主航道上。

“法尔贡”号巡洋舰检查过几艘准备驶入远海的渔船后，便在峡湾的入口处严阵以待。各种迹象表明，“埃巴”号既没有偷偷地驶出峡湾，也没有让船全速行驶从而逃脱行驶在庞普利科—苏德湖上的所有船只必须履行的手续的意图。一艘普普通通的帆船无法摆脱战舰的追捕，如果双桅纵帆船不服从立刻抛下锚，等待接受搜查的命令，战舰上发射出一两发炮弹就会立刻强迫它停下船来。

此时，一艘载着两名军官、十来名海军士兵的小艇离开了巡洋舰，然后，船桨齐划，迅速地截断了“埃巴”号的去路。

阿尔蒂加斯伯爵坐在船尾的椅子上，点燃了一支纯哈瓦那雪茄，漫不经心地看着小艇上的一切。

当那条小艇距双桅纵帆船只有半链远的距离时，舰上有一名水兵站起身来，手中挥动着一面小旗。

“停船的信号。”赛尔科工程师说。

“的确如此，”阿尔蒂加斯伯爵答道。

“命令我们原地待命。”

“那我们就原地待命吧。”

斯巴德船长马上去准备抛锚的工作。前桅支索帆、三角帆和主桅帆被横着拉了过来，而且在横桅之上升起了前桅帆。

双桅纵帆船的余速滑航停止了，船马上停了下来，朝航道方向涌动着的退潮的海水轻轻地摇晃着它。

“法尔贡”巡洋舰的小艇上的水兵们又划了几下桨便来到了“埃巴”号的船体边。一只钩杆钩住了双桅纵帆船主桅的外板，一架梯子沿着舷门被放下，两名军官，后面跟着八名水兵，登上了甲板，两名水兵留在小艇上看守着它。

双桅纵帆船上的全体船员沿着船艏楼一字排开。

军衔最高的那名军官——巡洋舰上的中尉——向着“埃巴”号船的船主走了过去，后者刚刚从椅子上站起身来，以下就是他们之间的几句问答：

“我有幸站在他面前的就是这艘双桅纵帆船船主的阿尔蒂加斯伯爵吗？”

“是的，先生。”

“这艘船的船名？”

“‘埃巴’号。”

“由谁指挥？”

“斯巴德船长。”

“他的国籍？”

“英属马来西亚。”

军官看了看船旗，而此时阿尔蒂加斯伯爵又说：“先生，我可以了解一下。您出于何种动机使我有幸能在船上见到您？”

"奉命搜查目前停泊在庞普利科—苏德湖上或是准备驶出此湖的所有船只。"那名军官答道。

他认为不应强调这一点，即与其他所有船只比较起来，"埃巴"号更要经受严格检查的烦恼。

"伯爵先生，您或许没有拒绝接受检查的意思。"

"完全没有这种意思,先生。"阿尔蒂加斯伯爵答道,"我的双桅纵帆船，从桅顶至货舱底部，全都听凭您的处置。我只是想问一下您为什么对现在停泊在庞普利科—苏德湖中的船只都得履行这种手续。"

"我看我没有任何理由向您隐瞒什么，伯爵先生。"军官回答说，"卡罗来纳州的州长刚刚获悉在海尔斯福尔疗养院内发生了一次绑架行动，政府当局想要确信昨天晚上被绑架走的人是不是被劫犯掠到了船上。"

"真的吗？"阿尔蒂加斯伯爵故作惊讶地说，"从疗养院这样失了踪的人是何许人也？"

"一位发明家，一个疯子，他和他的看护一起被人绑架了。"

"一个疯子？先生，是不是碰巧就是那位叫托玛斯·罗克的法国人？"

"就是此人。"

"我昨天参观疗养院时还见过这位托玛斯·罗克，我当着院长的面问过他几个问题。我和斯巴德船长离开的时候，他的病发作得很厉害，被绑架的人就是他。"

军官极为仔细地观察这位外国人，想从他的言谈举止中发现某种可疑之处。

"真让人难以置信！"阿尔蒂加斯伯爵又说道。

他说了这么一番话，那样子仿佛是头一次听到海尔斯福尔疗养院里发生了一次绑架案一样。

“先生，”他又说道，“鉴于这位托玛斯·罗克的身份，我很理解州政府的忧虑不安，我赞成为此而采取的措施。我没有必要向您证明不论是法国发明家还是他的看护均不在‘埃巴’号船上。此外，您以您认为是合适的方法进行过仔细地检查后，您就会相信这一点。斯巴德船长，请您带这些先生们去检查吧。”

说完这段话，冷冷地向“法尔贡”号巡洋舰上的中尉致过敬后，阿尔蒂加斯伯爵便坐回到椅子上，把雪茄烟重新叼在嘴上。

两名军官和八名水手在斯巴德船长的带领下立即开始搜查。

首先，他们经过了舱面室的盖布，到了位于船尾的客厅中，客厅的布置十分豪华，家具齐全，壁板全都用的是珍贵的木板，厅内摆着一些价值不菲的艺术品和价值千金的地毯。

毫无疑问，这间客厅、隔壁的舱房、伯爵的卧室均受到了仔细的搜查，即使最有经验的警察也不过如此。何况，斯巴德船长为了他们的搜查提供了一切便利。因为他不想让两位军官对双桅纵帆船的船主有一丝一毫的怀疑。

检查完船尾的客厅和房间后，他们来到了装饰豪华的餐厅。相继搜查了储藏室、厨房、位于船首的斯巴德船长的舱房和水手舱，但并没有发现托玛斯·罗克和盖东。

还剩下货舱和货舱里的货物需要仔细检查。因此，掀开货舱盖之后，斯巴德船长命手下点燃两盏灯以便为军官们和水兵们的搜查提供方便。

船上的货舱里只不过存放着一些储水箱、各种各样的食品，一大桶一大桶的葡萄酒、烧酒、杜松子酒、葡萄烧酒、威士忌酒及备用的煤等，各种物品都很丰富，双桅纵帆船好像要做一次远航。美国的水手们钻到了货物之间的空隙里，仔细检查，其中包括检查内护板、箱壁、木桶、包裹之间的缝隙，真可谓不遗余力。

很明显，怀疑阿尔蒂加斯伯爵参与了绑架海尔斯福尔疗养院的病员及其他的看护是荒谬至极的看法。

持续大约两个小时的搜查以无任何结果而告终。

五点半钟的时候，“法尔贡”号的两名军官和他们的部下再次来到了双桅纵帆船的甲板上，在对船的内部进行过仔细的搜查以后，他们已经百分百地相信不论是托玛斯·罗克，还是盖东均未藏在船上。船的外部，他们对于艏楼和船上的小艇的搜查也是劳而无功。因此,他们确信“埃巴”号蒙受了不白之冤。

两位军官只得向阿尔蒂加斯伯爵告辞了，他们走到了伯爵的面前。

“请您原谅我们打搅了您，伯爵先生。”中尉说。

“先生们，你们不过是奉命行事而已。”

“此外，这不过是履行一道普普通通的手续而已。”中尉认为有必要补充上这么一句话。

阿尔蒂加斯伯爵微微地点了一下头，此举表示他很愿意赞同他的话。

“先生们，我早已声明过我与此绑架案毫无牵连。”

“我们对此也不再怀疑了，伯爵先生，我们只得回舰了。”

“请便，‘埃巴’号现在可以自由航行了吗？”

“当然可以。”

“再见，先生们，再见，因为我是这一带海岸线的常客，我不久还会再来，我希望我再回来时，你们已经抓到了策划这次绑架的真凶，把托玛斯·罗克重新送回海尔斯福尔疗养院。这种结局是美国利益之所在，而且我还要补充说这是全人类的利益之所在。”

听他说完这番话后，两位军官彬彬有礼地向阿尔蒂加斯伯爵行了个军礼，后者微微地点了下头，权作回答。

斯巴德船长把他们送到舷门，众水手紧随其后，他们一行人回到了在两链外等着他们的巡洋舰上。

在阿尔蒂加斯伯爵的示意下，斯巴德船长命人重新起帆，恢复到双桅纵帆船抛锚前的状态。风势已变大，“埃巴”号快速向哈特拉斯湾方向驶去。

半个小时以后，双桅纵帆船驶出了航道，航行在辽阔的大洋上。

一个小时之内，船的航向一直维持在东—北—东方向上。但是，在距海岸线几海里的地方，船上的人再也感觉不到从陆地上刮来的风了，这是常有的事。由于海面上没有一丝风，“埃巴”号只得无风停驶，船帆拍打着桅杆，转动船舵也毫无作用。

从现在起，双桅纵帆船似乎不可能在夜间继续航行了。

斯巴德船长待在船头进行着观察。自打船驶出峡湾之后，他不停地在左舷看看，在右舷望望，仿佛在竭力寻找漂浮在船附近的某件东西。

这时候，他大声地喊道：

“绞帆！”

水手们在执行这一命令时，立即松开吊索，落下的帆紧紧地拥在横桁上，水手们并没有打算把它们重新放进帆套中。

阿尔蒂加斯伯爵是否有这个地方待下去一直待到天亮，等到晨风再起的打算呢？但是，人们通常都是张着帆等待以便利用上第一缕有利的风，而他们这种作法很少见。

一艘小艇被放到海面上，斯巴德船长和一名水手下到小艇中，水手摇着船艄橹，朝着距左舷十几杜瓦兹[①]的一件在海面上的漂浮物划去。

这个物体是个小浮桶，很像漂浮在娜兹河上的那个浮标，那时候“埃巴”号正停泊在海尔斯福尔疗养院河岸的附近。

浮标一被捞起就被绳索固定在小艇上，小艇便载着它朝双桅纵帆船的船头驶去。

在水手长的指挥下，一条拖缆沿着船舷放下去和绑着小浮标的绳索拴在了一起。然后,斯巴德船长和那名水手重新登上了双桅纵帆船的甲板，船上的吊杆将小艇吊了起来。

拖缆一被拉紧，“埃巴”号就马上不张帆航行。船向东驶去，航速不应低于十几海里。

黑夜结束了，美国海岸的灯火很快就消失在海平线的雾气之中了。

---

① 一杜瓦兹合 1.949 米，是法国旧时的计量单位。

五、我在哪里？

（工程师西蒙·哈特的笔记）

我在哪里？自从我距离十七号楼三步之遥的地方受到突然袭击之后发生了什么事情？

我刚刚送走医生，准备登上石阶，回到房里，关上房门，回到托玛斯·罗克的身旁，正在此时，几个人向我扑来，把我打翻在地？他们是谁？由于我的眼睛被蒙了起来，我没法认出他们；嘴也被堵住，无法喊“救命”；我无法反抗，因为他们捆住了我的双臂和双腿。然后，在这样的状态下，我感到他们把我举了起来，抬着我走了一百来步。我被放下来，被人放在了“哪里？哪里？”

托玛斯·罗克现在怎么样了？难道他是这次绑架行动的目标而不是我？这种猜测可能性非常大。对于所有的人来说，我只是看护盖东，而不是什么工程师西蒙·哈特。从来没有人怀疑过我的国籍和真实身份，但为什么会有人要绑架海尔斯福尔疗养院的一个小小的看护呢？

这帮人要绑架的是法国的发明家，这件事的本身不容置疑，把他从海尔斯福尔疗养院里劫持出来，其真正的目的是不是想从他的嘴里获取秘密？

我经推理而得出的假设就是托玛斯·罗克和我一起消失了。是这么一回事儿吧？是的，应该是，就是！我对此并不怀疑。绑架我的坏蛋们的用意只是偷窃，否则，他们不可能这般行事，让我喊叫不出声来，把我扔在花园的灌木丛中的某个角落里。劫走托玛斯·罗克之后，大概不会把我关起来吧。我现在究竟在哪里？

在哪里？总是思考着这个问题，几个小时以来，我百思不得其解。

不论怎样，我经历了一次异乎寻常的经历，其结果将会如何，以何种方式结束，我一无所知，我甚至不敢预料事情的结局。无论如何，对于此事我的主意已定，我要把每一分钟每一秒钟所发生的极为细微的情况铭刻在脑海之中，然后，如有可能，我就用笔把每天的感受记录下来。谁知道我将来的命运究竟是什么样子呢，我为什么不能在我所面临的新的情况下最终发现托玛斯·罗克发明的“罗克闪光弹”的秘密呢？有朝一日，我若获得人身自由，我就应该让世人知道这个秘密，而且也要让世人知道谁是这场有可能造成严重后果的绑架行动的策划者。

我不断地思考着以下这个问题，期望有一偶然的机会能够找出这一问题的答案：

“我在哪里？”

让我们回到事情的开头。

被抬出海尔斯福尔疗养院后，我觉得自己被人无声无息地放在一条微微倾斜的船只的座位上了——也许是条小船，是那种尺寸不太大的船只。

船晃了一下，接着又晃了第二下——我猜测又有一个人上了船，从那时起，我就开始怀疑这第二个上船的人是不是托玛斯·罗克？对于他，他们没有必要小心翼翼地堵住他的嘴，蒙住他的眼睛，捆住他的手脚。他想必仍然处于虚弱状态，无法进行任何抵抗，也根本意识不到自己被人劫持了，有一点证明我的判断正确，那就是塞在我嘴里的手帕上有股乙醚的味道。昨天，大夫在离开之前，曾给病人用了一些乙醚——我想起来了，托玛斯·罗克的病情发作最厉害的时候，拼命挣扎，有几滴落在了他的衣服上，而且马上就挥发了，因此，我现在仍能明显地嗅出残留在他衣服上的乙醚的味道就不足为奇了，是的，托玛斯·罗克也在小艇上，就躺在我的身旁。昨天晚上，我要是晚一点返回十七号楼，大概就不会再找到他了。

我沉思着，为什么阿尔蒂加斯伯爵会不合时宜地要参观海尔斯福尔疗养院呢？如果我看护的病人没有见过他的话，所有这一切恐怕都不会发生。他对病人谈起了参观疗养院的用意导致了托玛斯·罗克这次异常严重的病情发作。首先要责备的人是疗养院的院长，他没有重视我事先提出的警告。如果他听从我的意见，医生就不会来给我看护的病人看病，十七号楼的门就会关着，绑架也不会成功。

绑架托玛斯·罗克而从中获益的也许是某个人，也许是旧大陆的某个国家，没有必要深究这个问题，对此，我觉得，我可以完全放心。十五个月以来，我没有成功办到的事情，其他人也成功不了。就我的同胞的智力减弱的程度来看，所有获取他的秘密的企图都不会有结果。说真的，他的病情在不断恶化，他会彻底疯掉，甚至至今为止未受损害的部分理智也是在劫难逃。

总之，这时候要考虑的不是托玛斯·罗克，而是要考虑考虑我的处境会有什么变化了。下面就是我感觉到的。

经过一阵晃动之后，小艇开始在船桨的推动下往前移动。刚刚走了勉勉强强的一分钟，便发生了一下轻微的碰撞。毫无疑问，小艇撞上了一艘帆船的船壳上。小艇猛地摇晃了一下，然后便挨着大船停了下来。接下来便听到一阵杂乱的声音，说话声，下达命令声，进行操作的声音。我的双眼被蒙，听见这些嘈杂的声音持续了五六分钟，但我什么也没听懂。

我唯一的想法就是他们会把我从小艇上移到属于他们的大船上，把我关进货舱底部直至上述帆船驶入远海，当它行驶在庞普利科—苏德水域的时候，他们不会让托玛斯·罗克和他的看护出现在船甲板上的。

事实上，我的眼睛一直被蒙着，让人抓着我的双臂和双腿。我没有感觉到有人把我举过一艘帆船的舷墙。相反他们让我头朝下，他们是想把我扔到……把我扔到水里，以便干掉一个讨厌的证人？…这种想法一度在我的脑海里显现，我从头到脚不寒而栗。我本能地深深地吸了一大口气，我的肺部里充满了我吸进的气，也许马上我就会感到憋气了。

不！我被人小心翼翼地放到了一块结实的木板上，它给了我一种金属般冰凉的感觉。我躺在上面。让我极为惊讶的是，捆绑我的绳子被解开了。我身旁已经没了脚步声。过了一会儿。我听见了一声沉闷的关门声。

我现在在哪里？首先，就是我一个人吗？我扯下了堵着我的嘴，蒙着我的双眼的手帕和布条。

四周一片漆黑，伸手不见五指，连一丝光线都没有，甚至在密封得十分严实的房间里眼睛中的瞳仁也能接收到的最为微弱的光线，在这里也做不到。

我喊叫着，我叫了好几次，没有回答。我的声音很闷，仿佛它穿过的是一个无法传播声音的地方。

另外，我呼吸的空气很热、很闷、厚重，这种空气要是不换换的话，我的肺功能将很难甚至无法发挥出来。

这时候，我伸出了手，一下就是通过我的触觉而感觉得到的。

我待的地方是间四壁皆为金属板的房子，不超过三到四立方米，当我用手摸着四壁的金属板时，我发觉它们都用螺钉固定住了，就像船上的密封隔板那样。

说到出口，我觉得我的手在一面墙壁上摸到了一个门的门框，它的合页高出隔板几厘米。这扇门应该是从外向里开的，我也许就是让人从这扇门抬进这狭小的房间的。

我把耳朵贴在门上，听不到任何声音。寂静就如沉沉的黑暗——莫名其妙的寂静，只有我动弹时，金属地板上发出的声音才会打破它。既听不到在船上发出的惯有的低沉的声音，也听不到水流擦过船体发出的窸窣声，更听不到海水拍打船壳时所发出的汩汩声。也没有感到船应该产生的摇摇晃晃，而在娜兹河上，海潮一直决定着波涛滚滚的海浪的运动。

但是，我被关进的这个房间是船上的一个舱房吗？我虽然被人抬上了一条小船，而这条小船只行驶了一小会儿的时间，但我可以肯定它就是行驶在娜兹河上的吗？实际上，这条小船为何不去与某艘正在海尔斯福尔疗养院附近等着它的帆船会合而是划到河对岸去呢？如果是这样的话，我难道没有可能被人送到陆地，关在某个山洞里吗？这种假设就可以解释这间房是金属板，它们被螺丝固定在墙上，在我的四周飘着淡淡的盐味，这是大海的气味，船上常常浸润着这种气味，其性质我不会搞错的。

我在监禁中度过了一段时间，我估摸着这段时间有四个小时。时间大概临近午夜了。难道说我就要这样一直待到清晨吗？幸好，我按照海尔斯福尔疗养院的规矩在六点钟吃了晚饭。我没有受到饥饿的煎熬,然而,我强烈地感到了困意，但是，我希望自己能够抵住不断袭来的困意。我不会屈服于它，我应该重新留意外面发生的事情。什么事情？既没有声音也没有光线透过这个铁匣子，等着吧！也许，某种极为细微的声音会传到我的耳朵里？因此，我所有的精力都集中在我的听觉上。然后，我窥伺着——只要我不在陆地上，一次运动，一次摇晃终究会被我感觉到。姑且认为大船依然停泊在原地，它马上会启航的。或者……那么……我不明白他们为什么要绑架托玛斯·罗克和我。

最终，这根本不是幻觉，一阵轻微的摇摆像个摇篮在摇动着我，使我确信我根本不在陆地上。虽然摇摆得不太明显，也无碰撞，没有上下起伏，不如说是一种在水面上的滑动。

冷静地思考思考，我是待在一艘停泊在娜兹河河口的船上，它整装待发——或扬起帆或加大蒸汽机的马力——一直等待着绑架行动的结果。小船把我带到大船上。但是，我再重复一遍，我根本没有他们将我抬过船舷的感觉。难道说我是通过大船船身身上的某扇舷窗被人塞进大船里去的吗？总之，这无关紧要！不管他们是不是把我送到舱底，我待在一个漂浮并移动的机器上。

我和托马斯·罗克也许在不久的将来重获自由——姑且认为他也和我一样被人小心地关了起来。获得自由以后，我可以随意地登上这艘船的甲板。然而，这是几个小时之后才可以做的事情，因为我们不能让船上的人发现。因此，只有大船驶入远海，我们才能呼吸到外面的空气。这艘船如果是艘帆船，它就得等着有利的风向——这股在日出时分从陆地方向刮来的风，而且它对航行在庞普利科—苏德湖的船只有利，如果这艘船是艘蒸汽船……

不！待在蒸汽船里，我不可避免地会闻到煤炭、油脂和锅炉舱里发出的气味。我还会感觉到螺旋桨或桨叶的运动，机器的振动以及活塞的运动。

总之，我最好耐心地等待。明天我就能走出这个黑洞。何况，即使他们不给我以自由，至少会给我送来食物，有什么迹象说明他们想要把我活活地饿死吗？把我投到河中岂不比把我装在船上更方便吗？一旦驶入远海，他们还要怕我作甚？我的呼叫声没有人会听到；至于我的抗议，根本没用；我的谴责，就更没有用了。

那么，我对这次绑架行动的策划者有什么用处呢？疗养院的一个普普通通的监护，一个无足轻重的盖东。从海尔斯福尔疗养院里劫持出来的应该是托玛斯·罗克……至于我，我只是被人顺手牵羊地劫持了，因为我正好在那个时候返回了十七号楼。

无论如何，不管发生了什么事，不管这些绑架者是何许人，不管他们把我带往何处，我下了这样的决心：继续扮好看护的角色。没有人，不，没有人猜得出在盖东外表下，隐藏着工程师西蒙·哈特。对此，有两点好处：首先，他们不会留意一个微不足道的监护，其次，也许我能够洞察这桩阴谋的内幕并加以利用，如果我能成功逃跑的话。

我想到哪去了？在逃跑之前，先得等待到达目的地。到了那时，如果有合适时机，再考虑逃走的问题。在此之前，最基本的一条就是他们不知道我是谁，而且他们也不会知道。

现在，完全可以肯定的是我们正在航行。然而，我要重新提起我先前的看法。不对！我们乘坐的这艘船即使不是蒸汽船，可也不应是帆船。

毫无疑问，它被一架具有强大动力的机器推动着向前进。我不得不承认我没有听到蒸汽机转动螺旋桨或轮子时所发出的特有的声音，是的，这艘船上也没有活塞在汽缸里来回运动时产生的振颤。不如说这是一种持续不断、有规律的运动，一种由推动装置带动的顺时针旋转，不管它是什么。肯定不会搞错的是：此船装备着一种特殊的机械装置，是什么呢？

也许这种装置是近期以来人们经常谈起的涡轮机？它由一个水下管筒操纵，可以用来替代螺旋桨，它的耐水性能及转动速度都远远超过螺旋桨？

再过几个小时，我就会知道这艘船究竟是什么类型的船了，看来它的内部构造十分和谐。

此外，这船在航行的过程中产生了一个异乎寻常的效果：船上的人感觉不到船发生任何的横摇和纵摇。然而，庞普利科—苏德湖怎么会处于这般的平静状态呢？平常，光是海水的退潮、涨潮就足以搅乱它的湖面了。

也许此时的确处于平潮的时刻，我想起来了，昨天，陆地上刮的风随着夜幕的降临便停止了。这并不重要！可它让我百思而不得其解，因为一艘装备有推动装置的船，不论它的航速有多快，总会产生摇晃，可我感觉不到这艘船有一丝一毫的摇晃。

现在，我的脑海里充斥着何等纠缠不清的想法！虽然我对睡眠的渴望越来越强烈，虽然置身于这令人窒息的空气之中令我的脑袋昏昏沉沉，可我已下定决心绝不向睡意蒙胧屈服，我要熬夜一直熬到天亮，尽管就我而言，只要外面的光线射进这间房内时才算天亮。也许他们不但要为我打开这扇门，而且还得要他们让我从这个黑洞中走出去，走到甲板上。

我斜靠在隔板的一角上，因为我甚至连一把坐一坐的椅子都没有。但是，由于我的眼皮越来越沉，我感觉到昏昏欲睡的折磨，所以我又站起身来。我愤怒之极，用拳头敲打着隔板，大声呼喊，这样做徒劳无益，我的手被金属墙壁上的螺丝磕得肿了起来，我的叫喊没有唤来任何人。

是的！这种做法有失我的身份。我控制住了自己，平静下来。刚才，我失去了理智，表现得像个孩子。

十分肯定的是船既没有发生纵摇也没发生横摇，这起码可以证实它还没有驶入远海。它是否没有穿过庞普利科—苏德湖，而会沿着娜兹河的水流而上呢？托玛斯·罗克之所以被人从海尔斯福尔疗养院劫走，是因为绑架的策划者想把他带出美国——有可能被带至大西洋上的一座荒岛，或是旧大陆的某个地方。因此，我所乘坐的航海器并没有航行在颇为狭窄的娜兹河上，我们想必是在风平浪静的庞普利科—苏德湖上航行。

行了，当这艘船驶入远海的时候，它无法逃避海浪翻涌而引起的船的摇晃，即便海上风平浪静，对于中等船只来说也能感觉得到船的摇晃，除非待在一艘巡洋舰或装甲舰上，我想我并没有待在这样的舰只上！

这时，我仿佛……的确……我没有弄错……外面有声音……是脚步声……它越来越近，接近金属隔板……他们也许是船上的船员……难道这扇门终会被打开？我听着有一些人在讲话，我听到了他们的谈话声。可是听不懂，他们使用的是一种我听不懂的语言，我呼叫着……大声喊着……没有人回应我！

因此，只得等待了。等待！等待！我不断地重复着这个词，就像钟锤在我可怜的脑袋上敲打。

试试计算一下时间过来有多久。

总之，从船开始航行时起，起码过去了四五个小时，按我的估计，午夜已经过去了，不幸的是在这漆黑一团的环境中，我的表不能为我服务了。

然而，如果我们已经航行了五个小时的话，现在，这艘船应该已经驶出了庞普利科—苏德湖了，它已经驶过奥克莱卡湾或哈特拉斯湾了。我从中得出的结论是它应该距离海岸线很远了——起码有一海里之遥，然而，我却丝毫感觉不到远海上的风浪。

这点无法解释，难以置信，难道说我搞错了？难道说我被幻觉所蒙骗？难道说我没有被关在一艘正在行驶之中的船只的舱底里？

又过了一个小时，突然，机器的振动戛然而止，我清楚地感觉到船停了下来。难道说目的地到了吗？如果是这样，这地方只有可能是庞普利科—苏德湖以北或以南海岸上的某个港口。但是，把从海尔斯福尔疗养院里劫出来的托玛斯·罗克带到岸上会产生什么样的结果？绑架事件会暴露，劫持者们将有可能面临被联邦政府发现的危险。

此外，如果这船现在就停泊下来。我会听到锚链穿过锚筒的声音，当它回到原位的时候，会产生振动——我等着振动的发生，我能分辨得出来——这种振动几分钟之内就会发生，我等着……听着……

一片令人沮丧和不安的寂静笼罩在船上，我不禁暗暗想到：在这艘船上，除了我之外是否还有其他生灵……

这会儿，我感到自己被一种迟钝麻木的感觉所攫，空气混浊，我喘不过气，我的胸口仿佛被一块摆脱不掉的重物压碎了。

我想反抗……无法办到……我不得不躺在一个角落里，脱去一些衣服，因为温度太高，我的眼皮越来越沉，最后终于闭上了，我陷入一种筋疲力尽的状态中，它使我很快地堕入了沉沉的、无法抵御的睡梦之中去了。

我睡了多长时间？我不知道，这会儿是白天还是黑夜，我无法说出。但是，我首先注意到的是我的呼吸加快了许多。我的肺部充满了不再是被碳酸浊化了的空气……

难道说在我睡着了的时候这小铁笼子里的空气被更换了？门被打开了？有人进过这间狭窄的陋室？

是的，我有了证据。

我的手——纯属偶然——刚刚抓到了一个盛满液态的器皿，它散发出的味道十分诱人。我把它送到我发烫的唇边，因为我被干渴折磨到这种程度以致甚至喝几口海水都会让我心满意足。

这是英国产的上等淡色啤酒，它清凉解渴，我足足喝了一品脱。

但是，他们虽然不想把我渴死，我想，他们也不会把我给饿死吧？

不会，在一个角落里放着一个篮子，篮子里面放着一个圆形大面包和一块冷肉。

我吃了起来——贪婪地嚼着，渐渐地恢复了体力。

很明显，我没有像我所担心的那样被人弃之不理。有人进过这间黑洞洞的“窟窿”里，开门的时候，从外面放进了一点氧气，要是没有换上新鲜空气的话，我会憋死的。然后，又有人给我拿来了足以让我除渴解饿的东西直至我被释放出去的时候为止。

这种监禁还要持续多长的时间？……几天……几个月？

此外，我既无法估算出我睡眠的时候有多少时间业已流逝，也无法大致估算出现在是几点钟。我已留心给表上过弦，但这块表不是报时表，也许可以通过触摸表上的指针来了解时间？……可以……我觉得时针好像指在八上……现在是上午八点钟……也许是吧。

我所肯定的是这艘船现在没有行驶。在船上，感觉不到任何的晃动——这说明推动装置已停止工作。然而，时间在不断地流逝，无穷尽的时间，而我心中在想船上的人是否要等到晚上再进入这个房间，就像我在睡着了的时候那样给这个房间通通空气，再带来新的食物……对……他们想利用我的睡眠。

这一回，我下定了决心，我一定要坚持住。我要假装入睡，不论什么人进来，我都要强迫他回答我的问题。

六、在甲板上

我现在在呼吸着新鲜的空气，大口大口地呼吸着。他们终于把我从那令人窒息的盒子里放了出来，让我登上了甲板。首先，我向海平线处眺望，没有发现一块陆地，只看到海天相交的一道弧线！

不！在西面，在绵延数千里的北美洲的海岸线这一边，甚至没有看到一块陆地的影子。

这时候，西下的夕阳只在大洋的洋面上投下了倾斜的光线，现在大概是晚上六点钟，我看了一下表……是的，六点半钟。

这是六月十七日晚上发生的事情。

正如我所说的，我一直等着关我的房子的房门被打开，下定决心不向睡眠屈服。我相信当时天已经亮了，白天在慢慢地流逝，没人来过。给我送来的食物已经吃完了。我开始经受饥饿的煎熬，由于还剩下了一点儿淡色啤酒，所以没有感到口渴。

我醒来时，船体的颤动让我想到此船停泊了一夜之后，现在又航行起来了——它头天晚上很有可能停泊在海岸附近的一处荒无人烟的小湾中，因为我没有感觉到伴随着抛锚程序而产生的振动。

从那间舱房金属隔板后面传来一阵脚步声的时候是六点钟。有人要进来？是的，响起了开门锁而发出的摩擦声，门开了。一盏提灯的光线驱散了自我上船以后就一直笼罩着我的深深的黑暗。

出现了两个人，我还没有来得及辨清他们的长相，就被他俩捉住双臂，用一块厚厚的布罩住了我的头，以至于我什么都看不见了。

这等小心谨慎，用意何在？他们要把我如何处置？我想要挣扎一下子，可他们俩牢牢地控制住了我。我问他们话，我没有得到任何回答。这两个人相互交谈了几句，他们使用的语言我听不懂，也分辨不出这种语言属于什么语系。

很明显，这两个人对我不大尊重！的确，面对一位无足轻重的小人物——一个疯子的看护，他们两个为什么要对我以礼相待呢？但是，我也无法十分肯定工程师西蒙·哈特就会受到较好的待遇。

然而这一回，他们却没有堵住我的嘴，也没有捆住我的手和脚，他们只是牢牢地抓着我让我无法逃跑。

一会儿的工夫，他们把我拖到那个金属小房子的外面，被推进一个狭窄的通道中，我的双脚踏在金属梯子的阶梯上，发出了阵阵回响。然后，一股新鲜的空气迎面扑来，透过蒙着我的头的罩布，我贪婪地呼吸着。

然后，他们将我抬起，那两个人把我放在一块木板上，不过，这一次可不是金属地板，而是一艘船的甲板。

死死地抓住我的双臂的手终于松开了，我可以自由地走动了。我立即扯下了蒙在头上的罩布，向四周望去。

我在一艘正在全速行驶的双桅纵帆船上。它破浪前进，船尾留下了一条长长的白色浪迹。

我得抓紧一条后支索才能站稳身子不至于摔倒，在漆黑一团的黑暗之中被囚禁四十八个小时之后，外面强烈的光线刺得我睁不开双眼。

十几个粗壮的人在甲板上来回走动着——他们的长相各不相同，我无法确定他们的国籍。而且，他们几乎没有注意我。

按我的估计，这艘双桅纵帆船的排水量为二百五十吨至三百吨。它的侧翼非常宽，桅杆十分坚实，船帆的幅宽想必能够使船疾速前进。

船尾，一位肤色黝黑的人正在掌舵。他的手牢牢地握着舵轮的手柄，保证双桅纵帆船全速侧驶。

我很想知道这艘貌似游艇的帆船的船名，可它的船名究竟是刻在船尾的船名板上呢？还是刻在船首的舷墙上？

我向一名水手走去，问他："这艘船叫什么名字？"

他根本没有回答我，我甚至怀疑他没有听懂我的话。

"船长在哪儿？"我又问道。

和上次一样，这名水手还是没有回答我的问题。

我向船首走去。

在这地方，船首卧式锚机的上面挂着一个钟，也许在这个钟的铜面上会刻着船名？

钟面上没有任何名字。

我又回到船尾，向舵手问了同样的问题。

此人不太友善地瞟了我一眼，耸了耸肩膀，然后就使劲儿地靠在舵柄上，以便校正正向左舷偏出许多的航向。

我很想知道托玛斯·罗克是否也在船上，我没有看见他，他没在船上？这好像没法解释。他们为什么要从海尔斯福尔疗养院中把看护盖东劫持出来呢？没有人怀疑过我是工程师西蒙·哈特，即使知道了，绑架我又有何利可图呢，他们想从我身上得到什么呢？

因此，既然托玛斯·罗克不在甲板上，我想他也许被关在某间船舱里，他们对待他可要比对待他的前看护重视多了！

让我们了解一下吧——这一点怎能不令我加以关注呢？这艘双桅纵帆船是如何行驶的？船帆紧紧地挤在一起，没有一块船帆的帆布露在外面。风停了，从东面刮来的几阵断断续续的风也与航船的前进方向相反，因为我们的航向就在这个方向上。然而，双桅纵帆船行进的速度却非常迅速，向前猛冲，船艏劈斩水浪，水珠在吃水线上翻腾，如同一大块起伏不定的闪光波纹织物铺撒在船后远远的海面上。

这艘船难道是艘汽艇？不是！在它的主桅和前桅之间没有烟囱耸立，难道这是一艘电动船，装有蓄电池或是高能电池，用以带动螺旋桨，让船以如此之快的速度前进？

实际上，对于该船的航行方式，我无法做出其他的解释。无论如何，船上的推动装置只能是一根螺旋桨，我只要趴在船尾的栏杆之上就能看清它的运转情况，剩下的只是弄清它在运动的过程中它所获得的机械动力到底来自何处。

舵手任我走近他的身旁，并非没有用讥讽的神色看着我。

我探身向外看去。

在翻滚的浪花中没有看到螺旋桨的任何痕迹，只有一道平平的航迹延伸到三四链之外，这是扯着足以抵住狂风的船帆的船只所惯有的表现。

但是，是什么样的推动器赋予了这艘双桅纵帆船有如此快的航速？我说过，现在是逆风，海上长浪翻滚，但并不汹涌。

然而，我会弄清楚的，在不会引起船员对我注意的情况下，我又回到了船首。

来到驾驶舱旁边时，我到了一个人的眼前，他的面孔我并不陌生。他就在旁边支着肘，任凭我走近他……他注视着我……似乎在等待我对他讲话。

我想起来了……这就是陪同阿尔蒂加斯参观海尔斯福尔疗养院的那个人。对，没错。

这么说，是那位富有的外国人绑架了托玛斯·罗克，我这是在“埃巴”号船上，在他的名扬美国东海岸的快艇上！好吧！站在我面前的这个人将告诉我有权了解的事情。我记得阿尔蒂加斯伯爵和他都会讲英语，他听得懂我讲的话，不会拒绝回答我所提出的问题。

在我的记忆中，这个人应该是双桅纵帆船“埃巴”号的船长。

“船长，”我对他说，“我在海尔斯福尔疗养院见过您，您认识我吧？”

他只是打量了我一下，不屑回答我的问题。

“我是看护盖东。”我接着说，“托玛斯·罗克的看护，我想知道你们为什么要绑架我并且带到这艘双桅纵帆船上？”

这位船长做了个手势打断了我的话，这个手势不是打给我的，而是打给艏楼旁边的几个水手。

这几个人跑了过来，抓住了我的胳膊，不太在意我在无法克制的愤怒下进行的挣扎，强行把我拖下船员舱的扶梯。

说真的，这扶梯只是用一些铁棍制出的扶梯，垂直地固定在船板上。在扶梯平台的两边各有一扇门，是通向船员舱、船长房间和其他相邻的舱房。

他们要再次把我扔到货舱底部我曾经待过的黑屋里去吗？

他向左转，他们把我带到一间小屋子里，阳光从船体的一扇舷窗中射进屋内，把屋子照亮。此时，舷窗正开着，一股清新的空气吹进屋中。屋内的陈设有一张帆布做的吊铺及被子、枕头等，一张桌子、一把椅子、一个梳妆台和一个立柜。

桌子上，我的餐具已经摆好。我只需坐下来，由于厨房里打杂儿的在摆完各种菜肴后要走出这个房间，我向他问了几句话。

又遇上了个“哑巴”——这是个黑皮肤的小男孩儿，也许他听不懂我讲的话？

房门关上了，我津津有味地吃着，准备以后再考虑这些问题，它们不会永远没有答案的。

我的确是名犯人——可是这次，条件要舒适优越了许多许多，我希望一直享有这种待遇，一直保持到抵达目的地时为止。

然后，我便陷入沉思之中，首先想到的是阿尔蒂加斯伯爵策划了这次绑架案，他是劫持托玛斯·罗克的幕后策划者，毫无疑问，法国发明家一定在“埃巴”号船中的一间十分舒适的舱房中，其舒适程度绝对不亚于我这一间。

总之，这个人，他究竟是谁？他从何而来？他绑架托玛斯·罗克的目的是想不惜一切代价获取他的“闪光弹”的秘密？很有可能就是这回事。因此，我应该保持警惕不能把自己的真实身份暴露出去，因为一旦暴露身份，我就有可能失去重新获得自由的机会了。

但是，有多少秘密需要探查，有多少无法解释的事情要解释啊！这个阿尔蒂加斯伯爵的来路，他对未来的打算，双桅纵帆船要驶往何处，它要停靠在哪个港口。还有它的航行，既不靠船帆也不靠螺旋桨，却能一个小时至少走十海里！

最后，天黑了，更为新鲜的空气从舱内的舷窗吹了进来。我把窗子关上——用旋转的方法关上的，既然我的舱门从外面闩上了，那么最好就是上吊铺睡觉，伴着这艘航行在大西洋上的奇特的“埃巴”号的轻柔的摇晃入睡。

第二天，天一亮我就起床了，洗漱完毕，穿好衣服后，我等着。

等待的过程中，我突然想看一下门是否仍然关着。

不，没有关上，我拨开门闩，登上铁扶梯，来到甲板上。

在船尾，当水手们正清洗着船甲板的时候，两个人，其中一个是船长，正在聊天。这个人我走近了并没有表现出任何惊讶，点了一下头，把我指给他的同伴。

另外一个人我从未见过，五十来岁，黑色的鬓发中夹杂着几根银丝，带着一副讥讽而又精明的神情，目光犀利，模样显得很聪明。这个人长得像希腊人，当我听到“埃巴”号的船长叫他赛尔科——工程师赛尔科——的时候，我便肯定他是希腊人。

说到船长，他叫斯巴德——斯巴德船长——这个名字显然源于意大利。一名希腊人，一名意大利人，船员是由世界各地招募来的水手组成的，登上了一艘起了挪威语船名的双桅纵帆船上，这种大杂烩式的组合让我觉得十分可疑。

而阿尔蒂加斯伯爵呢，他的西班牙人的名字，亚洲人的长相，他来自何处？

斯巴德船长和赛尔科工程师低声交谈着。斯巴德船长密切监视着舵手，他似乎没有关心立在眼前的罗经柜上的罗盘指示。看来他更服从于立在船首的一位水手的手势，这位水手告诉他应该往左还是往右行驶。

托玛斯·罗克也在那里，站在甲板室旁边……他凝视着空空荡荡的大海，海平线上没有陆地的影子。两名水手站在他的身旁，眼睁睁地看守着他。他们两个能不惧怕这个疯子吗——甚至纵身跳入大海之中。

我不知道他们是否准我同自己从前看护过的病人讲上几句话？

当我向前朝着他走的时候，斯巴德船长和赛尔科工程师注视着我。我走的近了托玛斯·罗克，他没有看见我走来，我来到了他的身旁。

托玛斯·罗克好像根本不认识我了，而且表现出一幅呆若木鸡的样子。他那炯炯有神的双眼不停地扫视着四周，满意地呼吸着爽人而又带有咸味的空气，胸部因深呼吸而剧烈地起伏着。绚丽的阳光和极富氧气的空气融合在一起，展现出一片万里无云的晴空，整个天空全都沐浴在阳光之中。他明白自己的境况发生变化了吗？他已不记得海尔斯福尔疗养院，软禁他的十七号楼和他的看护盖东了吧？这极有可能。往事已在他的记忆中消失了，他完全生活在现在。

但是，依我看，托玛斯·罗克仍然是那个十五个月以来一直照料着的没有意识的人。他的智能状态没有任何变化，只有谈到他的发明的时候，他才恢复理智。他的这种心理健康状况阿尔蒂加斯伯爵在参观疗养院时就想试试看，试过后他便彻底了解了，显然，他把希望寄托在这一点上，等着迟早会有一天从法国发明家的身上获取秘密。他会怎样对付托玛斯·罗克呢？

“托玛斯·罗克？”我说。

他听到了我说话的声音，木呆呆地看了我一会儿，然后目光又猛地转向别处。

我抓住了他的手，紧紧地握着，可他猛地把手抽了出去，然后走开了——他没有认出我——他向双桅纵帆船船尾走去，工程师赛尔科和船长斯巴德正在那里聊着天。

难道说他有和这两个人中的一个讲话的想法，如果他们对他讲话，那他就会对他们讲话——他可没对我讲话——吗？

恰恰在这个时候，他的脸上闪现出智慧的光芒，他的注意力——我无法怀疑——为双桅纵帆船的奇特航行方式所吸引。

实际上，他的目光落在“埃巴”号的桅杆上，船帆被卷了起来，船在这片平静的水域上迅速地滑行。

这时，托玛斯·罗克后退了几步，登上了右舷的纵向通道，他在应该耸起一个烟囱的地方停了下来，“埃巴”号若是一艘蒸汽快船的话，它的烟囱里就会冒出滚滚的黑烟。

看起来，让我感到十分奇怪的事情也令托玛斯·罗克大惑不解，他无法解释我所发现的无法解释的事情，和我一样，他也到了船尾去看螺旋桨的转动。

在双桅纵帆船的两侧船翼一群鼠海豚跳跃玩耍着。“埃巴”号虽然航行速度非常快，可这些动作灵活的动物毫不费劲儿就超过了它。它们跳跃着，翻着跟斗，在它们天然的生活场所中以一种令人赞叹的灵活性嬉戏着。

托玛斯·罗克连看都没看一眼这些鼠海豚。他把身子探出舷墙。

工程师赛尔科和船长斯巴德立即走到他的身旁，由于害怕他会掉到海里去，他们用手使劲儿抓着他，把他拉回到甲板上。

我在一旁观望着，因为根据我长期看护他的经验——托玛斯·罗克正处于极度的亢奋状态之中，他转着圈儿，手舞足蹈，说着一些前言不搭后语的话，好像在自言自语。

十分明显，他的病又要发作了——一次与他在海尔斯福尔疗养院最后一个夜晚的发作情形相似的发作，其后果不堪设想。应该立刻抓住他，把他带回他的舱房，也许他们会让我去他的房间像平时那样给他以特殊的照顾。

这时，工程师赛尔科和船长斯巴德一直监视着他的一举一动。显然，他们的意图就是让他随心所欲，而下面的一些举动：

他先向主桅走去，目光徒然地寻找着主桅帆，他到了主桅跟前，抱住了它，用力摇着系住的架子，仿佛要把主桅拔出来。

看到自己试图摇动主桅而主桅纹丝不动，自己的力气白费了，他便试图去摇前桅。他的神经质逐渐地变得严重起来。他的嘴里吐出了一丝模糊不清的话语，并夹杂着含含糊糊的叫声。

突然，他朝左舷的侧支索跑去，紧紧地抱住了它。我想他是否会扑向绳梯，爬至第二层船帆的横杆处。如果不去阻止他，他会从上面摔倒甲板上，或者，双桅纵帆船的一次横摇就会把他甩入海中。

船长斯巴德做了个手势，几名水手赶紧跑上前去，把他拦腰抱住，可他的手紧紧地抓着侧支索硬是不松。我知道，他在病情发作的时候力气比平时大十倍，我常常必须求助于其他看护的帮助才能把他制服。

这一回，双桅纵帆船上的人——一些身强力壮的水手——制服了这位不幸的疯子，托玛斯·罗克躺在甲板上，两名水手不顾他的激烈反抗使劲儿地按住了他。

后来，甲板上又来了一个人，他命令水手们将托玛斯·罗克带回舱房，让他在里面休息直到平静下来，这人讲话的声音传进了我的耳朵里。

我转过身，认出了他。

这是阿尔蒂加斯伯爵，他面色阴沉，态度专横，我在海尔斯福尔疗养院中见到他的时候就是这个样子。

我马上朝他走过去。我依然需要解释而且我将会得到解释。

“您有什么权利，先生？”我问道。

“我有强者的权利！”阿尔蒂加斯回答我说。

然后，当几名水手把托玛斯·罗克押往他的舱房的时候，他朝船尾走去。

七、两天的航行

也许——如情况需要这么做——我大概会告诉阿尔蒂加斯伯爵我是工程师西蒙·哈特。谁知道我会不会得到比看护盖东更多的重视呢？然而，我要这么做需要三思而后行。实际上，我的头脑中一直被这样一种想法所控制，“埃巴”号的船主之所以派人去绑架法国的发明家，那是因为他希望获得“罗克闪光弹”。对于这项新式武器，不论是旧大陆还是新大陆都不愿意以托玛斯·罗克那里索要的高得无法接受的价格购买。哎，如果遇到托玛斯·罗克万一想要出卖他的这项发明的秘密的情形时，我继续留在他的身边，他们同意保留我的看护之职，负责按他的病况对他进行照料岂不更好吗？是的，我得给自己留下能够看到一切听到一切的余地。最终得知在海尔斯福尔疗养院内对我来说不可能发现的秘密！

现在，“埃巴”号要驶往何处？这是第一个问题。

这位阿尔蒂加斯伯爵究竟是何许人也，这是第二个问题。

鉴于这艘神奇的游艇的航速极快，它是在一个推进装置——其运转方式我最终会搞清楚的，这第一个问题，毫无疑问，会在几天以后得以解决。

至于第二个问题，我没有那么大的把握，有朝一日会把它弄清楚。

我认为，事实上，这位神秘的人物一定大有来历，我担心的就是任何迹象都无法让我确定他的国籍，这位阿尔蒂加斯伯爵虽能讲一口流利的英语，——这一点在他参观十七号楼时，我就能确定下来，但他的发音生硬发颤，欧洲人讲英语时并无此现象。

我不记得自己在穿梭于新旧大陆之间的旅行中听到过这种口音——虽然这或许不是马来半岛的方言中特有的拖音。实际上，他的肤色带有热带地区的居民的特征，几乎是橄榄色，带点青铜色，他的头发微微卷曲，像乌木一样黑亮，从深陷的眼眶中射出的目光有如蜜蜂螯针般的锋利，瞳仁几乎一动不动，他身材修长、肩宽体阔，发达的肌肉显示出他有充沛的体力，这一切不可能不说明阿尔蒂加斯伯爵属于远东的某一种族。

我认为阿尔蒂加斯伯爵这个名字只是一个假名，伯爵的称号也应该是假的。他的双桅纵帆船虽然起了个挪威的船名，但他肯定不具有斯堪的纳维亚的血统。他丝毫没有北欧人的特征。既没有平缓的神情、金发，也没有淡蓝色眼睛中流露出来的温柔的目光。

总之，不论他是何许人，他命人绑架了托玛斯·罗克——还添上了我——只能是图谋不轨。

那么，他现在这么做究竟是为了一个外国强国，还是为了他个人的利益？他想独吞托玛斯·罗克的发明并且已具备了对它加以利用的条件？这是我尚且无法回答的第三个问题。对于今后我所能听到的、看到的一切或许会在我逃走——姑且认为我能逃走——之前找到答案吗？

“埃巴”号继续在我们已经知道的无法加以解释的条件下航行着。我可以在甲板上自由地走动，但是从来没有超过其出口朝向前桅前部的船员舱。

实际上，有一次，我想走到艏斜桅的下方，从那儿我可以俯身向外，看到双桅纵帆船的艏柱劈波斩浪。可是，显然是遵照顶头上司下达的命令，值班水手挡住了我的去路，而且，其中一名水手用生涩的英语，以一种粗暴的口吻说：

“到船尾去！到船尾去！您妨碍操作了！”

操作？没有人在船上进行操作啊！

难道他们已经知道了我正要弄明白双桅纵帆船是在以何种推动方式下前进的？这有可能，斯巴德船长正在一旁注视着这一幕，他想必已经猜出了我竭力想弄清这种航行的原理，就连一名疗养院的看护都对一艘既无帆，又无螺旋桨都能快速行驶的帆船感到十分惊讶。总之，他们出于某种原因，他们禁止我到“埃巴”号的前甲板去。

将近十点钟时，微风刮起——这风是对航行非常有利的西北风——船长斯巴德对水手长做了些指示。

水手长立即吹了一步口哨令船员们升起主帆、前桅帆和三角帆。即使在一艘军舰上，舰上的水兵操作起来也不会比这船的船员们做得更加规范，更守纪律。

“埃巴”号朝左舷稍稍倾斜，船速明显加快。然而，发动机根本没有停住运转，因为船帆并没像它们本应有的样子张满——如果双桅纵帆船只依靠船帆的作用航行的话。于清新的微风有规律地吹着，它对船的行进所起的作用不会小。

天空晴朗，西边的云彩升到天顶之后便消散了，波光粼粼的大海沐浴在阳光之中。

我留心的事就是在可能的范围内记下我们所走的航线。我在海上的游历颇多故而能估计出一艘船的航速。依我看，“埃巴”号的航速应在十至十一海里之间。至于航向，它一直没变，我只要走到舵手面前的罗经柜，便很容易地辨认出来。“埃巴”号的船头虽然禁止看护盖东前往，但船尾并不是这个样子。有好几次，我都能够迅速地瞥上一眼指南针，指针一直指着东，或者，更为确切地说：指针指着东南。

这就是我们在什么样的条件下航行在大西洋的这一部分海域，它的西面是美利坚合众国的海岸。

我竭力地回想着：“在这个方向上，到达旧大陆之前，这艘双桅纵帆船会经过什么样的岛屿或群岛”。

双桅纵帆船已离开北卡罗来纳州位于的纬度三十五度纬线上四十八小时了，如果我没有搞错的话，这条纬线向东延伸，在摩洛哥附近穿过非洲海岸。但是，在这之间，它会穿过距美国三千海里的亚速尔群岛。然而，能够假设“埃巴”号有意返回这个群岛，它的船籍港就位于组成葡萄牙的一个群岛——亚速尔群岛——的其中一个岛屿上吗？不，我不能同意这种假设。

此外，在经过亚速尔群岛之前，三十五度纬线在距美国仅有一千二百公里的地方与英属百慕大群岛相交。我觉得，假如阿尔蒂加斯伯爵负责劫持托玛斯·罗克是为了某个欧洲强国的利益，而这一强国就是大不列颠及北爱尔兰联合王国的可能性小一些。老实说，此人为了个人利益干出这等勾当的可能性一直存在。

这一天中，阿尔蒂加斯伯爵有三四次来到船尾坐下。从船尾，他的目光似乎在仔仔细细地搜寻着海天衔接线处的各个点。当远海处出现一张帆或一股轻烟的时候，他便用航海用的高倍望远镜长时间地观察着它们。我顺便说一下，他甚至没有屈尊大驾注意到我也待在甲板上。

船长斯巴德时不时地走到他的身边，两个人就用一种我既听不懂也不知道是何种外语的语言交谈上几句。

“埃巴”号的船主最乐意同工程师赛尔科交谈，这个人好像以前和他的交往十分亲密。工程师爱聊天，他不像船上的其他人那样令人讨厌，那么阴沉，他在双桅纵帆船船上究竟是什么身份？他是否只是阿尔蒂加斯伯爵的特殊的朋友？他和阿尔蒂加斯伯爵奔波于大海之上难道只是为了分享一位富有的游艇艇主的令人羡慕的生活？……总之，这个人似乎是唯一一个对我表现出点儿兴趣的人，要不就是有些同情，起码有点儿好感。

至于托玛斯·罗克，我一个上午都没有看见他，想必被关在他的舱房里，可能因为头天晚上的发作至今尚未结束。

将近下午三点钟的时候，当阿尔蒂加斯伯爵要从甲板室下去回舱的时候，示意我过去，使我对上述猜测深信不疑。

我不知道这位阿尔蒂加斯伯爵让我干什么，但是我知道我要对他说些什么。

“托玛斯·罗克发作起来时间很长吗？”他用英语问我。

“有时要持续四十八小时。”我回答说。

“应该怎么办？”

“只要让他安静地待着直至入睡就行了，经过一夜的睡眠之后，托玛斯·罗克便会平静下来，重又恢复了他往常的无意识状态。”

“好吧，盖东看护，如果有必要的话，您将像在海尔斯福尔疗养院那样继续照顾他。”

“我照顾他？”

“是的，在双桅纵帆船上，在我们到达目的地之前。”

“到达哪儿？”

“到我们明天下午要到的地方。”阿尔蒂加斯伯爵回答说。

明天，我心中想着。船是要到非洲海岸或是亚速尔群岛？那么，正确的推测只有可能是“埃巴”号要驶往百慕大群岛了。

当阿尔蒂加斯伯爵就要把脚踏上甲板室的第一级台阶的时候，我叫住了他：“先生，”我说，“我要知道！我有权知道我要去哪里……并且……”

“在我这里，盖东看护，您没有任何权利。您要做的就是在我们向您提问题的时候您回答。”

“我抗议……”

“尽管抗议好了。”这个蛮横而又傲慢的人反唇相讥道，恶狠狠地看了我一眼。

他从甲板室下去，把我和赛尔科工程师留在了甲板上。

“我要是处在您的位置上，我就会忍着，盖东看护。”他笑着说，“当一个人处在复杂的情况时……”

“叫喊总是允许的吧，我想。”

“这又有何用呢？在没有任何人听得见您的喊叫声。”

“以后会听见的，先生。”

“以后？时间就太长了！总之，您想喊就喊吧！”

赛尔科工程师向我提出这个带有讽刺意味的建议后便离开了，留下我独自一人在那里沉思。

将近四点钟的时候，在东面距我们的双桅纵帆六海里的地方出现了一艘大船，迎着我们的船快速驶来。它的速度非常快，船的轮廓变得越来越清晰，一缕缕轻烟从它船上的两个烟囱里冒了出来。这是一艘军舰，因为有一面狭窄的燕尾旗在主桅桅底上飘扬，虽然船头上没有任何旗帜，可我应认出这是联邦海军的一艘巡洋舰。

这时，我心中暗暗地想着：当“埃巴”号从这艘巡洋舰旁驶过的时候，它是否会依惯例向对方致敬。

不，就在这时候，双桅纵帆船带着明显远离巡洋舰的意图改变了航向。

对于一艘会引起他人怀疑的快艇来说，这种做法并没有让我过于惊讶，真正让我惊讶不已的是船长斯巴德操纵这艘双桅纵帆船的方式。

实际上，他在来到船首，卧式锚机旁之后，他在一架小型指示仪的前面停了下来，这架指示仪与蒸汽船上的轮机舱中用来传送指令的那类仪器相似。他按了仪器上众多按钮中的一个按钮，“埃巴”号便向东南方向移动了一个向位[①]，与此同时，船员们轻轻地松开了船帆的后下角索。

显然，“某种”指令被传送到“某个”机器的机械装置上，该装置让双桅纵帆船接受指令使其在“某”一台发动机的作用之下不可思议地移动一下，而该发动机的工作原理我仍然不明白。

由于这次操作程序，“埃巴”号斜刺地躲开了巡洋舰，而它的航向却丝毫未变。为什么一艘军舰要试图挡住这艘没有任何可疑之处的游艇的去路呢?

---

① 32 点制罗经的向位（格），每格 11°　15'。

但是，将近晚上六点钟的时候，从双桅纵帆船左舷吊杆处望去，又有一艘船出现，可这次，双桅纵帆船的表现与上一次的表现迥然不同，它并没有避开那艘船，斯巴德船长通过指示仪发出了指令，船便再次向东行驶，逐渐地接近了那艘船。

一个小时之后，两船相互接近了，相隔的距离约有三四海里远。

这时，风彻底停了。那船，是一艘船体很长，有三根桅的邮船兼商船，船上正忙着收高帆。不必指望晚上会起风，而明天，这片海域会风平浪静。这艘三桅船肯定会待在这个地方。至于“埃巴”号，在神秘莫测的推动器的推动下正在继续往那艘船靠去。

不言而喻，船长斯巴德命令船员们将帆降下。在水手长埃费隆达的率领下，船员们执行了命令，其动作之敏捷令人赞叹不已，这种敏捷的身手是赛艇上的水手们所具有的素质。

当夜幕开始降临的时候，两艘船的距离只相隔一海里半。

这时，斯巴德船长朝我走来，把我拉到右舷的舷门旁，毫不客气地命令我回到自己的舱中去。

我只得服从，然而，在离开甲板之前，我看到水手长根本没有命人点亮船位灯，而三桅帆船都点亮了他们的小船位灯——右舷是绿灯，左舷是红灯。

我不怀疑双桅纵帆船能神不知鬼不觉地驶入这艘三桅帆船所待着的水域。船速放慢了些而前进的方向都没变。

我估计从昨天晚上算起，“埃巴”号可能向东航行了二百海里。

我回到了自己的舱房，心中隐觉惶恐不安，我的晚餐已经摆在桌子上。但是，由于莫名其妙的忧虑，我几乎没碰这顿饭菜，我躺下了，等着不愿降临的困意袭来。

这种惶恐不安的状态持续了两个小时。我周围的万籁俱静只被双桅纵帆船的轻微的震动、徘徊在船底的海水的低吟之声和船在平静的海面上移动时所产生的轻微的颠簸所搅扰。

我的脑海里缠绕着最近这两天所发生的一切事情，不得一刻安宁。明天下午，我们就要到达。明天，我就要在陆地上尽照料托玛斯·罗克的看护之职了，正如阿尔蒂加斯伯爵所言“如果有必要的话”。

当我第一次被关在舱底的时候，我觉得双桅纵帆船是在庞普利科—苏德湖上行驶，而此时此刻——大约晚上十点钟——我觉得它刚刚停了下来。

为什么停船？当斯巴德船长命令我从甲板上下去的时候，我们并没有看到陆地的影子。根据地图在这个方向上我们只能遇到百慕大群岛，从入夜时分起还需要航行五十至六十海里，瞭望水手到那时才会发现它。

此外，“埃巴”号不仅停了下来，而且几乎是一动不动。只有一丝从一头向另一头的轻微的摆动，几乎感觉不到海浪的涌动，海面上连一丝风都没有。

我的思想一直集中在那艘商船上，当我回到自己的船舱时，它和我们的双桅纵帆船的距离只有一海里半。如果双桅纵帆船不断地靠近它，一定会和它会合在一起。既然双桅纵帆船现在已经停了下来，两艘船的距离也只相隔一两链的距离。这艘在日落时分无风停驶的三桅船无法向西行驶。它停在那里，如果夜色通明的话，我就可以通过舷窗看到它。

我突然想起是否可以利用这次机会。为什么不尝试逃跑呢？既然我今后不会有任何重获自由的希望。我的确不会游泳，但是跳到海里后，利用船侧放着的救生圈，只要骗过了值夜班的水手，我难道到不了三桅船吗？

因此，我得先离开我的船舱，爬上甲板室的扶梯，我在船员舱和“埃巴”号的甲板上听不到任何声响，他们此时已经睡着了，试一试吧。

当我想要打开船舱的门时，我发现它从外面锁上了，这是意料之中的事。

我不得不放弃这一计划，因为实施这一计划而遭失败的可能性极大！

最好还是睡觉，我虽然身体上不累，可我的精神实在是太累。各种纠缠不清的念头和彼此相互矛盾的想法困扰着我，也许我能将它们溺于我的睡梦之中。

我本应沉沉入睡，可我刚刚睡着，就被一种奇特的声响吵醒了，我在双桅纵帆船上从未听到过这种声响。

日光开始照亮了我的向东拧开的舷窗的玻璃。我看了看手表——凌晨四点半钟。

我心中最先关心的是“埃巴”号是否重新启程了。

没有，肯定没启航，既没张帆，也没有发动它的发动机。它若处于航行状态，一定会产生晃动，对此我是不会搞错的。此外，在日出时分大海和在昨日日落时分一样平静。如果说“埃巴”号在我入睡前航行了几个小时的话，那它起码在这一时刻是一动不动地停在大海上的。

我讲的声响来自船员们在甲板上来来往往的脚步声——背着重物的人的脚步声。同时，同样的嘈杂之声充斥着我的舱中的地板下的货舱，货舱的舱门位于前桅的后面。我还觉得船外沿着它的翼船壳的水下部分有某种东西在轻轻地蹭着它。难道有小艇停泊在它的旁边？船上的人是不是在忙着装货物或者是卸货物？

然而，我们不可能已抵目的地。阿尔蒂加斯伯爵说过“埃巴”号大概要在二十四小时之后才会到达目的地。我再重复一遍，昨天晚上，它距离最近的百慕大群岛还有五十或六十海里，由于距离遥远，所以它的航向不可能再次折而向西，来到美国海岸的附近。那么，我有理由相信双桅纵帆船整夜在动。在我入睡之前，我就发现它刚刚停了下来。而此时，我发现它没有重新启航。

因此，我等待着他们允许我重新登上甲板。我舱房的门仍然从外面反锁着，我刚刚试过。他们似乎不大可能在天色大亮时还阻止我出去。

又过了一个小时，晨光射进了舷窗。我透过它朝外望去，海面上笼罩一层薄雾，但是它很快就被初升的太阳的光线驱散了。

由于我的视线所及可达半海里，所以我之所以没有看到那艘三桅船的身影，也许是因为它停泊在我无法看到的“埃巴”号的左翼。

传来了一阵钥匙在锁孔里转动的声音。我推开被打开的门，登上铁扶梯，踏上甲板，这时，船员们恰好关上了船首的货舱门。

我用目光寻找着阿尔蒂加斯伯爵，他不在甲板上，还待在房间里。

船长斯巴德和工程师赛尔科正监督着船员们将几小包东西装进舱里，这几样东西也许刚从货舱里取出来，被运到船尾。这就是我醒来听到他们来来往往发出嘈杂之声的原因。显然，船员们之所以忙着把货物搬了上来，是因为我们马上就要抵达目的地了。

我们离港口不远了，也许双桅纵帆船在几个小时之后就在那里抛锚。

那么……位于我们左舷后侧的那艘三桅船呢？……它想必停在原地，因为从昨天夜里起海上就一直没有起风。

我朝那边望去……

三桅船踪影全无，海上空空荡荡的，远海处没有一艘船的影子，海平线处没有一张帆出现，南北西面亦是如此。

思索片刻之后，这是我唯一能对自己做出的解释，尽管接受这种解释要有所保留："埃巴"号在我睡着的时候重新启程了，虽然我对此毫无觉察。它把无风停驶的三桅船抛在了后面，这就是为什么我从船舷上看不到它的原因。

此外，我不想就这一问题去询问斯巴德船长和赛尔科工程师，即便问了他们也不会屈尊大驾给我得到答案的荣幸。

这时，船长斯巴德走向信号仪，按了一下上部的按钮，"埃巴"号的船头马上就晃动了起来。然后，它又以异乎寻常的速度向东驶去，而船帆却依然卷着。

两个小时以后，阿尔蒂加斯伯爵出现在甲板室的门旁，来到他常待的地方。工程师赛尔科和船长斯巴德立刻走上前去与他交谈起来。

三个人用航海用望远镜朝东南至东北的海平线观望着。

因此，我的视线也牢牢地固定在这个方向上也就不值得人们大惊小怪的了。但是，由于我没有望远镜，所有在远处的地方我什么也没看到。

吃过中午饭后，我们又登上了甲板——所有的人，除了托玛斯·罗克，他还待在他的舱中。

将近一点半钟的时候，一名水手爬到了前桅的横桅上，看到了陆地。由于"埃巴"号的航速极快，我也马上看到了海岸的轮廓。

实际上，两个小时之后，在不到八海里的地方，影影绰绰的陆地的轮廓渐渐地显露出来。随着双桅纵帆船越驶越近，陆地的轮廓也变得越加清晰。这是一座山的轮廓，或者至少是一片较高的陆地。山顶上冒出一缕轻烟，向天顶飘去。

难道说在这片海域上有火山？那么，这也许是……

八、倒置的杯子

依我看，在大西洋的这一部分海域中，除了百慕大群岛之外“埃巴”号不会碰上其他的岛屿。这一结论既归结于它从美国海岸出发后的行驶距离，又归结于它驶出庞普利科—苏德湖后的航向。它一直朝南—南—东航向行驶，驶过的这段距离，按照船速来估计，大概在九百到一千公里远。

然而，双桅纵帆船并没有放慢它迅捷的速度，依然快速行驶着。阿尔蒂加斯伯爵和赛尔科工程师站在船尾，待在舵手的旁边，而斯巴德船长则站在船首。

然而，难道我们不驶过这个显得有些孤零零的小岛从它的东面驶过去吗？

不可能，因为此时正是“埃巴”号到达船籍港的时间。

这时候，所有的水手在甲板上排好队，准备进行操作，水手长埃费隆达做着布置准备再次抛锚。

再过两个小时，我就知道该怎么办了。自从双桅纵帆船驶入远海以来，一直困扰着我的三个问题中的第一个问题将会迎刃而解。

看上去“埃巴”号的船籍港恰好位于英属百慕大群岛中的一个岛屿

上——除非阿尔蒂加斯伯爵是为了大不列颠的利益而绑架托玛斯·罗克，不过这一假设有些难以成立。

有一点可以肯定，这位古怪的人物正在注视着我。他虽然不会猜到我是工程师西蒙·哈特，然而他想必会想我是如何看待这次冒险经历的。虽然看护盖东是个微不足道的小人物，可这个小人物不会比任何大人物更少地关注自己的命运——哪怕这位大人物是这艘奇怪的双桅纵帆船的主人。在他专注的目光下，我感到有些不安。

如果阿尔蒂加斯伯爵能猜出我头脑中刚刚产生的思想的话，我敢肯定他会毫不犹豫地让人把我扔到海里去。

因此，我要做到比任何时候都要谨慎小心。

事实上，我已掀起了这神秘面纱的一角，而且没有引起任何人的怀疑——甚至连狡诈异常的工程师赛尔科都没有生疑。因此，我的面前出现了一丝曙光。

随着"埃巴"号的靠近，这座岛屿，或者更为确切地说船朝其行进的这个小岛的轮廓越来越清晰地显现于明亮的天幕之下。太阳已过了它的中天之点，夕阳将小岛沐浴在它的余晖之中。它孤零零地耸立着，或者起码可以说，不论在它的南面还是背面，我都没有发现它所属于其范围的群岛的影子。随着离它的距离越来越近，小岛的一角展现在我们的面前，而此时，海平线则落在了它的后面。

这个小岛的结构很奇怪，像一只倒置的杯子，从杯底冒出来的是一股灰色的蒸汽。它的顶端——如果可以的话，可以看成是杯底——高出海平线一百来米，其两翼是陡峭的斜坡，它和岛的底部不断地被海水冲击的岩石一样寸草不生。

但是，一个天然的特征使这个小岛很容易被从西面驶过来的航海者们识别出来。这是一块露出海面的岩石。这天然的拱状地貌仿佛是个杯子把，让汹涌的海浪像阳光那样穿过，而它的圈拱面朝东面的海平线方向伸出。由此看来，把这个小岛称之为“倒置的杯子”真是对它恰如其分的称谓。

咳！我知道这个小岛，而且认出了它。它位于百慕大群岛的前沿。几年前，我曾有机会参观过这个“倒置的杯子”。是的，我没有搞错！那时候，我的双脚曾经踏过它上面的石灰岩，而且曾经绕着它的底部走过一圈儿，是的，这小岛就是“倒置的杯子”岛。

要是控制不好自己的情绪，我就会发出惊呼声和喜悦声，而这种表现势必会引起阿尔蒂加斯伯爵的注意。

下面就是我在百慕大群岛上游历时如何勘察“倒置的杯子”这座小岛的。

百慕大群岛位于北卡罗来纳州约一千公里的地方，由数百个岛屿或小岛组成。六十四度经线和三十二度纬线穿过百慕大群岛的中心。自英国人罗莫于 1609 年在此遇海难以来，百慕大群岛一直属于联合王国。由于这一客观事实的缘故，岛上的移民增至一万人。英国吞并这一群岛，或者可以说独霸此岛的原因并非是由于此处出产棉花、咖啡、靛青、建材等产品，而是因为在这片邻近美利坚合众国的洋面上，它是一个十分合适的海上航行中转站。英国把百慕大群岛据为己有并没有引起列强们的抗议。目前，百慕大群岛由一名英国总督负责管理，议会和众议院协助他的管理工作。

这个群岛的主要岛屿是圣·戴维岛、索慕赛特岛、汉米尔顿岛、圣·乔治岛。圣·乔治岛上设有一座自由港，叫做圣·乔治城，它同时也是百慕大群岛的首府。

这些岛屿中最大的岛屿长超不过二十公里，宽超不过四公里。如果把中等的岛屿扣除出去，剩下的只是一些小岛和礁石，分布在十二平方英里的洋面上。

百慕大群岛虽气候宜人，有益健康，但它的众多岛屿并非没有受到大西洋的冬季风暴的可怕的侵袭，以致于船只在它的周围航行都觉得十分困难。

这个群岛尤其缺少江河湖泊。然而，由于日常降雨，当地居民为了弥补缺水之不足便收集雨水以备人和农作物生长之用。因此，这就需要修筑宽大的蓄水池，雨水以示不衰竭的慷慨将它们灌得满满的。这些工程令人赞叹而且充分地展现了人类的才干。

我在此时旅行的目的与修建蓄水池有关，我满怀好奇心，想要参观一下这壮观的工程建设。

我在新泽西的一家公司当工程师时，曾向公司请了几个星期的假，我动身去了纽约，从纽约乘船来到了百慕大群岛。

当我在汉米尔顿岛的索森顿宽阔的港口停留时，发生了一件令地理学家感兴趣的事件。

一天，我看见来了一群渔民，男人、女人和孩子。

五十多年来，这些人一直居住在“倒置的杯子”岛东部的滨海地区，在那里盖了一些木屋、石室。他们住在那里，开发渔业资源十分有利——特别是在每年的三四月当大量的抹香鲸出没于百慕大海域时所进行的捕猎鲸鱼业。

直到那时，没有任何事情搅乱这些渔民的宁静生活和捕鱼作业。他们对这里恶劣的生存条件从未抱怨过。此岛与汉米尔顿岛和圣·乔治岛来往方便，这在一定程度上改善了他们的生活。他们驾着结实的独帆小船出口鱼虾，作为交换，他们进口维持家庭生活的各类必需品。

他们为什么离开了这座小岛，而且正如人们所说的，永远也不想返回此岛呢？这是因为他们的人身安全不如从前那样有保证了。

两个月以前，一些渔民首先发现了“倒置的杯子”岛的内部发出了沉闷的声响，他们为此忧心忡忡。与此同时，小岛的顶部——也是“倒置的杯子”的底部为雾气及火焰所笼罩。人们一直不知道这个小岛是由火山形成的，岛顶就是火山口，因为山坡很陡，根本无法攀登。但是，毋庸置疑，“倒置的杯子”岛曾是一座火山，而且即将喷发，威胁全村人的生命安全。

在这两个月期间，岛的内部传出可怕的隆隆声，整个岛出现了相当明显的晃动，山顶上喷出了长长的烈焰——夜里尤其明显，有时隆隆声非常响。如此多征症象表明了小岛的海下部分的地壳运动十分活跃，这是火山在短期内就要喷发的不容置疑的征兆，某种巨大的灾难威胁着这片海岸,而它不能给人提供任何躲避岩浆流淌的地方,岛民们甚至担心“倒置的杯子”岛会被彻底摧毁，因此毫不迟疑地逃离了此岛。他们将自己的全部家当搬上打鱼的小舟，来到了索森顿—哈布尔港避难。

听到火山爆发的消息后，百慕大群岛被一种恐慌的情绪所笼罩，在群岛的两端一座沉睡了几百年的火山刚刚苏醒了过来。但是，在一些人感到惊恐的同时，另一部分却出现出好奇的心态，我就是好奇者之一。此外，重要的是研究火山喷发这一自然现象，确认一下渔民们的说法是否言过其实。

由一块石头构成的“倒置的杯子”岛位于百慕大群岛的西部，一长串参差不齐的小岛和难以靠近的礁石把该岛和百慕大群岛连接在一起。不论从圣·乔治岛，还是从汉米尔顿岛都看不见它，因为该岛的海拔高度不超过一百来米。

我和几位探险家乘坐一艘快艇从索森顿—哈布尔港出发，来到了“倒置的杯子”岛的岸边，那里林立着被百慕大群岛的渔民所弃置的棚屋。

内部的爆裂声一直响个不停，火山口上喷发出一股股蒸汽。

对于我们来说，毫无疑问，“倒置的杯子”岛上的老火山在火山内部燃烧的火焰的作用下又开始活动了。我们应该担心火山随时都会喷发。

我们徒然地试图登上火山口。然而，登上这陡峭而又光滑的斜坡绝无可能，没有任何可容脚蹬手攀的地方，何况它的坡度有七十五度至八十度。我从没有见到过比这片由岩石堆砌而成的外壳更为险峻的地形，它的上面仅仅覆盖着一层薄薄的腐殖土，生长着几丛稀稀落落的野苜蓿。

经过几次无功而返的尝试之后，我们便试着绕岛而行。但是，除了渔民们建立的村庄外，岛的北面、南面和西面乱石杂陈，我们这一行人无法通过。

因此对于该岛的了解仅仅限于这次十分肤浅的探险。总之，看到裹着烈焰的烟雾从火山口中喷薄而出，听到它内部的摇动而发出的低沉的滚动声，有时甚至是爆裂声的时候，我们只得赞同渔民放弃这个小岛的举动，而且预测到它下次喷发时所带来的毁灭性后果。

这就是我当时来到“倒置的杯子”岛的情形，所以，当它的奇特的地质结构映入我的眼帘的时候，我若给他起这么个名字大家是不会惊讶的。

不！我再说一遍“埃巴”号若要在此岛停留的话——这一点难以让我接受，因为此岛没有港口——看护盖东认出此岛可不是为了取悦阿尔蒂加斯伯爵的。

随着双桅纵帆船渐渐地驶近这个小岛，我观察着这个任何一个百慕大人离开了就不想再回来的“倒置的杯子”岛。这个捕鱼点目前已被废置，因此我无法解释“埃巴”号为什么要在此停泊。

也许，阿尔蒂加斯伯爵和他的同伙们并没有在“倒置的杯子”岛沿岸登陆的意思？即使“埃巴”号在一个狭窄的海湾深处找到一处临时的避风之所，可一位富有的双桅纵帆船的主人会有在这个光秃秃的，受着北大西洋风暴肆虐的、干旱的锥形小岛上建立居所的想法吗？在这个地方生活，对于质朴的渔民来说是个好地方，但对于阿尔蒂加斯伯爵、赛尔科工程师、斯巴德船长和他的船员们来说却并非如此。

离“倒置的杯子”岛只有半海里远了，它的山峦不像百慕大群岛的其他岛屿那样覆盖着浓密的树林。在这个岛上，即使岩缝间生长着一些百慕大群岛的主要财富——刺柏和瘦削的雪松，其数量也十分有限。山底的岩石上面覆盖着一层厚厚的海藻[①]，海浪不停地更新着它们，把旧的卷走，把新的冲来。还有一些丛状植物，不可胜数的马尾藻，这种植物在加那列群岛和佛得角的岛屿上很常见，洋流将这些植物大量地冲到“倒置的杯子”岛的礁石之上。

这个荒无人烟的小岛唯一的居民只是一些禽鸟，灰雀，一种叫做“莫

---

① 这种海藻是由海浪冲到岸边上的，可用作肥料。

达·西拉·西阿利”的鸟，它的羽毛是淡蓝色的，无数只银鸥和海鸥振翅从火山口喷发出的滚滚浓雾中疾飞而过。

当双桅纵帆船距小岛有两链远的时候，它放慢了速度，停了下来，确切地说，是在星罗棋布、溅着水花的岩石中间巧妙地布置成一个航道的入口处停了下来。

我心中暗暗在想“埃巴”号是否要通过这曲曲折折的航道。

不，最能让人接受的推测是，帆船只在此停泊上几个小时——而我猜不出它停泊于此的原因，然后继续向东航行。

可以肯定的事情是我没有看到船上做了任何泊船的准备。锚仍然挂在吊架上，没有人整理锚链，船员们根本没把船上的小艇放到海上去。

这时候，阿尔蒂加斯伯爵、工程师赛尔科、船长斯巴德向船头走去，船上进行了一个操作程序，对于我来说这一操作程序无法解释其原因。

我顺着左舷的舷墙往前走去，几乎走到了前桅，向海上望去，看见海面上飘着一个小浮筒，在船头，一名水手正将它提了出来。

此处本来清澈之极的海水几乎立刻变得混浊起来，我仿佛看到黑乎乎的一团东西从水底冒上来。难道是一头巨大的抹香鲸浮出水面来换气吗？“埃巴”号会不会把它的巨型尾巴狠狠地敲上几下？

我全都明白了……我知道了是什么样的机器能让双桅纵帆船以如此快的速度行驶，既不扬帆又不依靠螺旋桨。“埃巴”号永不疲倦的推进器在拖着它从美国的沿岸一直驶到百慕大群岛之后终于露出了水面……它就在那儿，浮在双桅纵帆船的船边……这是一艘潜水艇，一艘海下拖船，一艘“大功率拖船”装备有一个螺旋桨，借助于电池组的电流的作用或者是在当时正在使用的高能电池航行。

在这艘大功率拖船——呈细长的纺锤形——的上部是个平台，平台的中间安着一个通向内舱的盖儿。平台的前部凸出一架潜望镜，一座瞭望台，类似于驾驶舱，四壁开着透镜状的舷窗，可以让舱内的电灯光照亮海底下的层面。现在，排净了艇内的压舱物——海水的重量后，大功率拖船浮出水面。上面的舱盖就要开启——纯净的空气全部钻了进去。人们难道不会设想它是不是要在白天潜入水中，晚上浮出水面，在水面上拖着“埃巴”号前进呢？

然而，还有一个问题，如果说是电力产生了这艘大功率拖船的机械能，那么必然有一个发电室给其供电，然而，这个发电室位于何处呢？我想它不会在“倒置的杯子”岛上。

那么，双桅纵帆船为什么用这种在水下移动的拖船呢？它为什么不像其他帆船那样本身具有动力呢？

但是，在这时候，我没有闲工夫去思考这些问题，或者试着去解释许多不可思议的事情。

大功率拖船靠在“埃巴”号的旁边。舱盖刚刚被打开，有几个人登上了平台——他们是这艘潜水艇上的船员，斯巴德船长通过位于双桅纵帆船前部的电子指示仪与潜水艇进行联络，指示仪和拖船之间有线路连接，实际上，是由“埃巴”号发出指令，指明航向。

工程师赛尔科走到了我的身旁，而且他只对我讲了这一句话：

“我们上船吧。”

“上船？”我反问道。

“对……上拖船……快！”

像往常一样，我只得服从命令，急忙跨过舷墙。

这时候，托玛斯·罗克在一名水手的陪同下登上了甲板。我觉得他样子十分平静，也很冷漠，在登上拖船时没有做任何反抗。当他来到舱盖旁在我身旁坐下时，阿尔蒂加斯伯爵、赛尔科工程师也来到舱里。

至于船长斯巴德和全体船员，他们留在双桅纵帆船上——四名水手下到刚刚被放到海上的小艇上。他们的手中拿着一条长缆，很有可能是用来牵引“埃巴”号穿越礁丛，难道说在这些岩石中间，阿尔蒂加斯的快艇能找到一处躲避远海大浪的安全之所吗？难道这个地方就是它的船籍港？

“埃巴”号离开了大功率拖船，连接它和小艇的绳索被拉紧了，在一百米之外，水手们将缆绳系在固定于礁石上的铁锚环上。然后，水手们用力拉缆绳，将双桅纵帆船非常缓慢的拉过来。

五分钟之后，“埃巴”号消失在岩石堆中，可以肯定，从远海的洋面上，人们甚至看不到它的桅顶。

谁会想到在百慕大群岛的这处隐秘的小湾处会有一艘帆船常来停泊？谁又会猜到这位富有的船主，在美洲西海岸各港口大名鼎鼎的人，会是“倒置的杯子”岛附近荒凉的海域的常客呢？

二十分钟后，载着四名水手的小艇又回到了大功率拖船旁。

很显然，潜水艇在再次出发前一直等着他们，它要去哪里？

实际上，所有的船员全都来到了平台上，小艇拖在后面，潜水艇开始前进，螺旋桨慢速转动着，潜水艇向“倒置的杯子”岛方向驶去，一路上不断地绕着南面的礁石。

驶过了三链的距离后，艇前出现了第二个通向小岛的航道，大功率拖船迤逦而行。它一靠近岸边，奉命行事的两个人便将小艇拖到一处狭窄、风浪袭击不到的沙滩上，当“埃巴”号再次航行时，它可以轻易地从那里去和双桅纵帆船去会合。

干完后，这两名水手又回到大功率拖船上，工程师赛尔科示意我下到舱里去。

从一个铁梯子往下下，下了若干阶便到了一间中厅，里面堆着各种各样的包裹，这艇中的货舱里大概已无放它们的地方了，我被人推倒旁边的舱中，门被关上了，我再一次陷入漆黑之中。

我在进去的时候认出了这间舱室，我从海尔斯福尔疗养院被他们劫持后，就是在这里度过了漫长的时日，在到了距庞普利科—苏德湖很远的外海处才被放出来。

很明显，托玛斯·罗克现在的境遇应该和我的一样，他肯定被关在另一间舱房中。

传来一声沉闷的声音，这是关艇盖的声音，潜水艇立即潜入水中。

实际上，我感到大功率拖船的下沉动作是由于海水涌入它的水箱里而造成的。

潜水艇在不停地运动着——一种推动着它穿过一层层海水的运动。

三分钟后，它停了下来，我觉得我们又重新浮到水面。

又传来开门的声音，门又被打开了。

船上的人放我通行了，我用了几步便蹿上了平台。

我朝四面望去——大功率拖船刚刚钻进“倒置的杯子”岛的内部。

阿尔蒂加斯伯爵和他的同伙们就生活在这个神秘而又偏僻的岛中——也可以这样说——与世隔绝！

九、在小岛的内部

第二天，没有人阻止我来回走动，因此我可以初步地认识一下“倒置的杯子”岛开阔的山洞。

我度过了怎样一个异象环生的夜晚，我又是怀着何等焦虑不安的心情等待天明的啊！

有人把我带到距大功率拖船停泊的海岸有一百来步远的一个山洞的里面。这个山洞长十英尺，宽十二英尺，里面点着一盏白炽灯，我们从一道门进去，门随后便被关上了。

这个山洞里用电灯照明我并不感到惊奇，因为在海底拖船中也使用了电灯，但是，他们在哪里发的电？电从哪儿来的？难道在这个巨大的地下室里面有一座安装着机器、发电机和蓄电池的发电厂？

我的小房间里有一张桌子，桌子上面已放好了食物；一个吊床，在它的上面床上用品齐全；一把用柳条编的扶手椅；一个衣柜，里面放着床单和各式换洗的衣服。桌子的抽屉里摆放着纸张、墨水瓶和鹅毛笔。在右面的角上，是一间盥洗室，里面配有各种盥洗用品。所有的东西都非常干净。

鲜鱼、肉罐头、优质面包、淡啤酒和威士忌，这就是第一顿饭的菜单。这些饭菜，我只稍稍动了些——正如人们形容的，吃起来味同嚼蜡——因为我心里紧张得厉害。

然而，我必须控制住自己，恢复精神和心灵的平静，振作起精神来，我要揭露隐藏在这个小岛的深处的一小撮人的秘密，我会发现这一秘密。

这样看来，阿尔蒂加斯伯爵是在“倒置的杯子”岛的庇护下安扎下来的。这处无人知晓的洞穴便是他的居所，当“埃巴”号没有载着他沿着新大陆海岸，有可能直至旧大陆的沿海航行的时候，他便居住于此。这地方，是他发现的不为世人所知的隐居地，而他是从这个海下的入口——水门进去的，这个水门是在距洋面十二至十五英尺的海底下开启的。

为什么要与在陆地上居住的人们隔绝？我能发现这个人的过去究竟是怎样的呢？如果阿尔蒂加斯伯爵这个名字，伯爵的爵位，正如我猜测的，全是假的话，那么这个人隐瞒自己的真实身份，他的动机又是什么呢？难道说他是个被驱逐出境的流放犯，喜欢这处流放地而胜于别处？我是不是在和一个想要躲进这个为别人发现不了的洞穴之中而逍遥法外的坏家伙打交道？当我的疑点涉及到这位形迹可疑的外国人的时候，我的权利就是假设一切，我把一切假设都设想过了。

这个我尚未找到满意答案的问题重又浮现在我的脑海里，为什么要把众人皆知，处于疯癫状态的托玛斯·罗克从海尔斯福尔疗养院中劫持出来？难道说阿尔蒂加斯伯爵想从托玛斯·罗克的嘴中获取“闪光弹”的秘密，以便万一他的隐居之地泄露出去，他可以用“闪光弹”去保卫“倒置的杯子”岛？但是，如果发生这种情况，我们知道得很清楚，饥饿会毁掉“倒置的杯子”岛，因为大功率拖船没法给小岛补充给养！另一方面，双桅纵帆船无法越过封锁线，而且，它会在各个港口被发现！到了那时，掌握在阿尔蒂加斯伯爵股掌之中的托玛斯·罗克的发明又能发挥什么样的作用呢？说到底，我真是百思而不得其解！

将近早上七点钟的时候，我从我的吊床上跳了下来。我虽被困在这个洞穴的四壁之中，但我至少没有困在我的舱房里。没有什么阻止我离开它，于是我便走了出去。

往前走了三十米，我来到了一个石盖顶前，仿佛是个码头，向左和右两个方向延伸开来。

“埃巴”号的几名水手正忙着把货物从大功率拖船的舱里拖出来。搬下船，大功率拖船停在一个小石堤附近的水面上。

洞内的光线不很亮，介乎于半明半暗之间，我的眼睛已经渐渐地适应了，洞顶的中间有个洞口，光线是从那里射进洞口的。

“蒸汽”我心里想着，“或者不如说是烟雾就是从这个洞口中冒出来的，让我们从三四海里之外就能看到这个小岛。”

就在这时候，一系列的想法涌上心头。

这个“倒置的杯子”岛并不像人们所认为的那样是火山，我自己也曾经一度这样想过——几年前看到过的往上蒸腾的蒸汽，燃烧的火焰不过是人为的而已，使百慕大群岛的渔民惊恐万状的轰隆声根本不是地下各种力量相互的结果……种种迹象都是虚假的，它们全都是依这个小岛的主人的主观意愿而表现出来的现象而已。他想把在这小岛的沿岸安居乐业的居民赶得远离此岛，而他成功了，这个阿尔蒂加斯伯爵，他成了“倒置的杯子岛”唯一的主人。仅仅通过那些连续不断的爆炸声，仅凭着船只朝小岛方向行驶时，将被海潮冲来的海藻与马尾草燃烧，使浓烟从假火山口处冒出，他就能使人相信有一座突然苏醒过来的活火山的存在，马上就会以前所未有的规模爆发！

这想必就是事情的经过，实际上，自百慕大的渔民离开后，浓浓的烟雾仍然不断地从“倒置的杯子”岛的顶部冒出。

然而，洞里越来越亮了，随着太阳从海平线升起，日光从假火山口射进洞内。因此，我可以比较精确地估计出这个洞子的大小，以下便是我记下的数据。

从外面看“倒置的杯子”岛差不多是圆形的，周长一千二百米，内部面积为五千米[①]或五公顷，底部的洞壁有三十米到一百米之厚。由此可见，这个山洞的洞壁厚度虽然减少了，但这个山洞占据了“倒置的杯子”岛全部高出海面的部分。至于沟通内外的海底隧道的长度约为四十米，大功率拖船就是从这个隧道进入山洞的。

这些大致估计出来的数字使人能够想象得出这个洞子的大小。但是，此洞虽然很宽阔，可我记得在新、旧大陆还有一些比这个洞子更大的山洞，那些山洞是洞穴学研究的对象。

实际上，在卡尔尼奥尔、诺斯安佰地、德伯夏尔、皮埃蒙、莫雷、巴雷阿尔、匈牙利、加利福尼亚，都有一些岩洞比“倒置的杯子”岛的这个山洞大。比如：美国肯塔基州的马摩斯溶洞，它至少有二百二十六个圆顶厅、七条河、八个瀑布、三十二口深不可测的井，面积有五至六英里的一处内海，探险家们还从未走到它的尽头。

---

① 原文如此。

我像成千上万的旅游者们一样参观过肯塔基的那些岩洞。我可以将其中主要的一些岩洞与“倒置的杯子”岛上的这个岩洞进行一下比较。与这里的岩洞一样，马摩斯岩洞的穹顶也是由形态各异、高矮不一的钟乳石石柱支撑着，使它看起来像座哥特式教堂，里面有正厅、偏厅、甬道；然而，不像宗教建筑物那么正规。唯一不同的是肯塔基的那个岩洞有一百三十米高，而“倒置的杯子”岛上的岩洞的高度不超过六十米，穹顶部分有一圆形的洞——烟雾和火焰就是从这个洞口冒出去的。

另一个特点——非常重要的——值得一提，那就是我所参观的溶洞的名字我还能记得。旅游者可轻而易举地进入其中，因此迟早都会被人发现。

然而，“倒置的杯子”岛却并非如此。地图所标示的，它是百慕大群岛中的一个岛屿，谁能料到岛内会有一个巨大的洞窟呢？要想了解它，只得深入其中，若想进入洞中，必须拥有与阿尔蒂加斯伯爵的大功率拖船相类似的潜水器才行。

依我看，这位奇怪的帆船主人发现这个隧道纯属偶然，该隧道让阿尔蒂加斯伯爵建立起“倒置的杯子”岛移民地。

现在，我开始观察这个山洞的内壁所环绕着的水面，我发现它的面积不大。周长只有三百到三百五十米，老实说，这只不过是个泻湖，为一些尖耸的岩石所环绕，大功率拖船在它里面行走还算绰绰有余，因为据我估算它的深度不少于四十米。

根据这个山洞的地理位置和地质结构，它显然属于那类由于海水的长期侵蚀而形成的岩洞。法国杜阿尔奈湾的考宗岩洞、莫尔加岩洞，科西嘉岛海岸边上的波民法西欧岩洞，挪威海滨的索盖亭岩洞，西班牙的基布拉尔塔尔岩洞，科西西奈的毒辣奈岩洞，它们全都和“倒置的杯子”岛一样既是水成又是火成岩洞。堆积在这些溶洞中的贝壳表明它们都是这两种地质作用的产物。

“倒置的杯子”岛绝大部分是石灰岩。这些岩石从泻湖的边上一直往岩壁方向缓缓地上升着，岩石之间是颗粒极小的细沙，各处都生长着一丛丛淡黄色坚挺和浓密的虎茸草，到处都覆盖着厚厚的马尾草和海藻，一些很干燥，一些很湿，散发出强烈的大海的气味，海潮把它们推过隧道后，便把它们抛到泻湖旁。我发现岛上有大量的储煤，大概是由大功率拖船和双桅纵帆船运来的。但是，我再说一遍，从小岛的“火山口”喷发出来的烟雾是燃烧晒干的上述植物而产生的。

在继续散步的同时，我发现了在这曲曲折折的泻湖边上这些“穴居人”的住处——这一名称对他们来说岂不再恰当不过了吗？岩洞的这一部分叫做比海福，意思是“蜂房”，这么形容这个地方完美地体现了它的特点。在洞内岩壁的石灰岩台基上，人工开凿了几排“蜂房”，里面居住着人类的“马蜂”。

往东，岩洞内的布局非常不同。在这头儿，几百根天然石柱支撑着岩洞内圆顶的拱弧线，它们或侧身而立，或拔地而起，或柱柱相连，或扭曲变形，它们形成了一片名副其实的石林，一直延伸到岩洞的边缘。在石柱之间，一些蜿蜒曲折的小径纵横交错，一直通到岩洞内的尽头。

通过计算比海福的“蜂房”，我便可得知阿尔蒂加斯伯爵同伙的人数为八十到一百人。

阿尔蒂加斯伯爵恰好站在一座与其他“蜂房”隔开的“蜂房”前，船长斯巴德和工程师赛尔科巳和他一起待了一会儿，交谈过几句之后，他们三个人便来到了泻湖边上，在堤岸上停了下来，大功率拖船就停在那里。

这时，十二三个人把货物从船上搬出来后，正用一条小船把货物运至对岸，在对岸的石壁的侧面台基上凿出了许多宽畅的壁凹，作为“倒置的杯子”岛的仓库。

说到泻湖水下的隧道口，我看不见。事实上，我注意到要想从外海进入隧道口，拖船必须下潜到水面以下几米的地方，“倒置的杯子”岛与斯塔法岩洞和摩尔加岩洞不同，在涨潮的时候它的入口并不总是可以通行的，是否存在与海岸相同的另一条通道，一条天然或人工走廊？弄清这一点对我来说非常重要。

实际上，“倒置的杯子”小岛真的名副其实，它的确是个巨大的倒置的杯子。不仅它外面呈现出的形状——人们所不了解的是——它的内部形状亦如此。

我说过比海福位于泻湖北面的一块圆形地上，也就是说是在隧道的左边，对面是仓库，里面堆满了各种各样的货物，装满了商品的仓库，葡萄酒、烧酒、一桶桶啤酒、罐头箱，来自各地、各种牌子、多种用途的包裹。仿佛有二十船的货物被运到这里。再往前走上几步，耸立着一座相当重要的建筑物，用一堵木板墙围着，其用途很容易看出来。该建筑物屋顶上竖着一根电线杆，杆上挂着许多很粗的铜芯电线，是专门给悬在岩洞圆顶上的高能电灯以及“蜂房”之中每个“蜂房”内使用的白炽灯供电用的。甚至有一大批这样的照明设施被安装在岩洞的石柱之间，用于洞内的照明，直至洞内的最深处。

现在，这个问题出现在我的面前：他们是否会让我在“倒置的杯子”岛的内部自由走动？我希望如此，阿尔蒂加斯伯爵为什么要妨碍我的自由，禁止我参观浏览他的神秘领地呢？难道我没被囚禁在这个岛上的岩壁之间？除了隧道之外是否还另有出路呢？然而，如何越过那座一直关闭着的水桥呢？

另外，针对我个人而言，姑且认为我能穿过隧道，可我的失踪会迟迟不被他们发现吗？大功率拖船会把十来名水手运到海边，他们会搜遍岸上每一处最为隐蔽的角落，我无疑会被人捉住，带回比海福，到了那时，我在岛上往来自由的权利就会被剥夺。

因此，我不得不放弃逃跑的念头，除非我获得成功的希望非常大。

在沿着一排排“蜂房”溜达的时候，我得以观察阿尔蒂加斯伯爵的几名同伙，他们毫无怨言地在“倒置的杯子”岛深处过着单调的生活。我再重复一遍，根据比海福蜂房的数量，他们的人数，估计下来约有一百多人。

当我经过时，这些人根本没有注意我。从近处打量他们，我发觉他们似乎来自世界各地，我看不出他们有任何共同之处——甚至没有或是北美人、或是欧洲人、或是亚洲人的共同特点。他们的肤色由白色到古铜色再到黑色——更像澳大利亚土著人的黑皮肤而不像非洲人的。总之，他们大多属于马来人种，在绝大多数人中，这一点非常明显。我要补充说明的是阿尔蒂加斯伯爵肯定出身于这个西太平洋荷属岛屿上的特殊种族，而工程师赛尔科则来自地中海东岸地区的人，船长斯巴德出身于意大利。

但是，“倒置的杯子”岛上的居民虽没有什么种族上的联系，可他们肯定在本性和（生理方面的）欲望上有共同之处。他们的面目是多么地粗野啊！他们生性残暴，这我看的出来，他们在干任何杀人越货的勾当时，从不会控制他们的“激情”，也绝不会望而却步。我的头脑中产生了这样一种想法：为什么不是经过长期共同的系列犯罪、盗窃、纵火、谋杀、行凶的犯罪勾当促使他们躲避到这个岩洞里——在这里躲藏可以完全保证这帮人逍遥法外——呢？……那么，阿尔蒂加斯伯爵不过是一群不法之徒的首领，斯巴德和赛尔科两个人则是他的帮凶，而“倒置的杯子”岛是海盗们的巢穴。

以上就是明显地嵌入我的头脑中的想法，如果将来要发生的事情证明我的想法是错的，我会惊诧不已的。另外，在我这第一次的探查中，我看到的事实证实了我的观点，而且也让我的最为疑惑的猜测得到了证实。

不管怎样，不论他们是些什么人，不论是何种原因将他们聚拢在此，我觉得阿尔蒂加斯伯爵的同伙们已经完全接受了他至高无上的统治地位。相反，虽然阿尔蒂加斯伯爵用铁的纪律将他们控制于自己的铁腕之下，但是，他们甘心情愿地供其驱使很有可能会得到某些好处以作补偿。是什么样的好处呢？

绕过隧道口附近的堤岸，我来到了对岸，正如我刚才看到的，泻湖的这一边建的是由双桅纵帆船“埃巴”号每次给每个该船的乘客带来的货物的仓库。岩壁上凿着宽敞的壁凹，能够容纳而且的确装了数量可观的货物。

再往前就是发电室了。从发电室的窗前走过时，我看到了一些新近发明的机器，这些机器体积不太大，功能完善。没有一台需要使用煤、结构复杂的蒸汽机。不，正如我推测过的，是由高能电池给岩洞内的电灯和大功率拖船的发动机供电。还有一点确凿无疑，那就是各种生活设施，比海福的供暖，做饭也都用电来完成。我所注意到的就是旁边的洞凹里电还应用在生产淡水的蒸馏器上，“倒置的杯子”岛上的移民们还没有落魄到不得不收集降在这个小岛沿岸的充沛的雨水以作饮用水的地步，从发电机房再往前走几步，便是一座宽阔的圆形蓄水池，与我以前游览百慕大群岛时所见过的蓄水池相比较，这个水池的大小比例挺合适，那些蓄水池可供一万人的饮用水的需要——此处的只能供应一百多人的。

我还不知如何去形容他们。他们以及他们的首领居住在这个小岛的腹地显然有某种重要的理由，但是是什么样的理由呢？修士们把自己封闭在修道院的院墙之内为的是与世隔绝，这可以理解，老实说阿尔蒂加斯伯爵的臣民们可不像虔诚的本笃会或查尔特勤修道院的修工！

我继续在石林中漫步，来到了岩洞的顶端，没有人妨碍我，没有人跟我说话，甚至没有人提防我，"倒置的杯子"岛的这一部分极为奇特，堪与肯塔基和巴雷阿尔的岩洞所呈现出的鬼斧神工之奇观相媲美。毫无疑问，这里没有任何人工雕琢的痕迹，只有大自然的天工之笔，大自然居然能孕育出如此令人叹为观止的作品，我在惊叹之余也不禁产生了恐惧。超过了泻湖的这一部分只能接收到从洞顶口子中射进来的倾斜的光线。晚上，在电灯的照耀下，这块地方一定会显现出如梦如幻的意境出来。我虽搜索了一番，可我没有发现任何地方有与外面相通的出口。

值得一提的是这个小岛为大量的禽鸟、银鸥、海鸥、海燕——它们是百慕大群岛海滩上的常客——提供了避身之所。在这里，人们似乎从没有猎杀过它们，任其随意繁衍，所以，它们与人为邻并不害怕。此外，除了这些海岛之外，"倒置的杯子"岛还有其他动物。在比海福这头儿还没有圈养牛、猪和家禽的地方。也多亏了或是洞外的礁石之间，或是泻湖里盛产的各种鱼类而提供的海产品，所以岛上的食物既有保证又具有多样性。

总之,“倒置的杯子”岛上的主宰者们不缺少任何资源,这一点很清楚,只需看一下这帮人即可。所有的人都身强力壮、精力充沛，是那类经过热带地区日晒风吹、反复焦烤考验的海员，由于长期受到大洋上海风的吹拂，太阳的焦烤而面色黑里透红、气血充沛。他们这些人中既无年老的也没有年少的——所有的人的年龄都在三十至三十五岁之间。

但是，他们为什么心甘情愿地屈从于这种生活？难道他们永远也不会离开“倒置的杯子”岛这处隐居之所?

也许我很快就会知道。

十、盖尔·卡拉日

我住的“蜂房”离阿尔蒂加斯伯爵的住处有一百来步远，是比福海这一排房子中的最后一间。我虽没和托玛斯·罗克住在一起，但是我的房间是否就在他的房间的旁边呢？要让看护盖东能继续照料疗养院的病人，我们俩所住的房子必须紧挨着……不久，我就会弄清楚的。

船长斯巴德和工程师分别住在阿尔蒂加斯伯爵的“宾馆”的两侧。

“宾馆”？……是的，为什么不能这样称呼他的住处呢，因为这个住处装饰得如此高雅脱俗。他住处的正面的岩石经过工匠的雕琢显得富丽堂皇。在这儿开凿的一扇宽敞的大门可供出入。阳光从在岩壁上开凿的几扇窗户中射入，窗框上绘着彩色的方格图案。宾馆内有几个房间，一间餐厅，一间客厅，都镶着彩绘玻璃窗，非常明亮，空气流通极为良好，造型奇特的家具来自各地，包括法国、英国、美国。显然，它们的主人喜爱各种各样的风格。至于储藏室和厨房，都设在比海福后的附属房屋中。

下午，我走出屋子，怀着一定要获得阿尔蒂加斯伯爵“接见”的决心，正好看见他穿过泻湖湖岸朝“蜂房”走来。或许他没有看到我，或许他故意躲我，他加快了脚步，我没能追上他。

“然而，他必须见我！”我暗暗想到。

我急忙赶到刚刚关上门的他的住处前。

一个身材高大，肤色很黑的马来人出现在门口。他用粗暴的口吻示意我离开。

我没有理睬这个命令，我坚持要进去，用流利的英语将下面的话重复了两次：

“请告诉阿尔蒂加斯伯爵我想立即见他！”

我就像跟“倒置的杯子”岛上的岩石讲话一样！这个野蛮人肯定一句英语都不懂，他只是用带着威胁的叫喊回答我。

这时，我打算破门而入，大喊大叫以使阿尔蒂加斯伯爵听到我的声音。但是，我的做法极有可能引起这个马来人的怒火，而他应是个力大无比的人。

我只得另找时间得到我应该得到的解释——我迟早会得到这一解释的。

我沿着比福海的这一排房子往东走，脑海中一直想着托玛斯·罗克。我非常惊讶没有在这第一天的时间里见到他，难道说他又犯病了？

这种假设几乎难以成立。按照阿尔蒂加斯伯爵以前对我讲过的话的意思，托玛斯·罗克要是犯病的话，他会要求看护盖东去照顾托玛斯·罗克。

我刚走了一百多步便碰到了工程师赛尔科。

这位喜欢讽刺别人的家伙一见到我，便像往常那样殷勤而又愉快地微笑了，根本不想避开我。如果他知道我是他的同行，我也是一位工程师——假如他知道了——也许他会对我更加友好些？但是，我得小心翼翼地向他透露我的名字和身份。

工程师赛尔科停下脚步，双目炯炯有神，嘴上挂着讥讽他人的微笑，以最为优雅的姿态向我问了声好。

我冷冷地回应了他的礼貌的举止——他假装没有注意到。

“愿圣·乔纳森保佑您，盖东先生！”他以清晰洪亮的声音对我说，“我想您不会抱怨我们给您提供了一个访问这个奇妙无比的岩洞的机会吧！对呀！它是最美丽的岩洞之一，然而又是我们所居住的地球体上最默默无闻的。”

这个科学名词，在与一位普普通通的看护谈话的时候使用了，这真让我惊讶，可我知道这个名词，所以我仅仅回答了一句：

“我只要在游览过这个岩洞之后，自由地离开，我就没有什么好抱怨的了，赛尔科先生。”

“什么！您已经想到要离开我们了，盖东先生回到海尔斯福尔疗养院您待的那座寒酸的小楼里去？您几乎没有勘查我们宏伟壮观的领地，也没有欣赏过它那无以伦比的美景，而维系这一美景的全部费用都只由大自然来支付的。”

“我所看到的对我来说已经足够了”。我反驳说，“如您严肃地同我讲话，我便会严肃地回答您一样，我不再希望看更多的东西了。”

“那好，盖东先生，请允许我提醒您，您还没有体会到在这个独一无二的生活环境里的种种好处！生活温馨宁静、无忧无虑、稳定安全，在其他任何地方都碰不到的物质条件，四季如春，毫不惧怕肆虐大西洋的这部分海域的风暴，冬天不必怕天寒地冻，夏天无须怕烈日炎炎！四季的变化对温和宜人的气候几乎没有任何影响！在这里，我们根本无需害怕普鲁托[①]和耐普杜内[②]的怒火……”

---

① 希腊神话中的冥王。

② 罗马神话中的海神。

他引用了神话中两个人物的名字让我感觉到对于他来说已是少得不能再少了。很明显，工程师赛尔科在嘲笑我。看护盖东曾经听说过普鲁托和耐普杜内这两个神的名字吗？

“先生，”我说“这里的气候也许很适合您，您很欣赏这里的气候，而且您也应该赞赏生活在这个岩洞深处的种种好处。”

我差点儿就说出了“倒置的杯子”岛这个名字，我及时止住了嘴。他要是猜到我知道该岛的名字以及它位于百慕大群岛的西岸，后果将不堪设想！

我继续说：

“但是，这里的气候要是不适合我，那我就有权换个气候，我觉得……”

“权利，的确。”

“而我认为我可以走，你们应该给我提供返回美洲大陆的机会。”

“我没有任何反对您的充分的理由，盖东先生，”赛尔科工程师说，“您的要求从各方面来讲全都成立，然而，请您注意我们生活在这里，享有崇高而又绝对的独立，我们不属于任何一个列强，也不受外部势力的控制，我们不是旧大陆也不是新大陆任何一个国家的移民，所有这一切值得任何一个高尚而又善良的人尊敬。此外，在某位才子的回忆录中曾经提到过这些岩洞是由诸神亲自雕凿而成的，在诸神中间，他们曾经拖弗尼斯[①]的嘴宣读了他们的神谕。

很明显，工程师赛尔科喜欢引用神话故事！他引用了普鲁托和耐普

① 不详。

杜内之后又引用了拖弗尼斯！啊，引用了这么多名字！难道他认为一个疗养院的看护会知道拖弗尼斯这位神的典故？显然，这位爱讽刺人的家伙在继续讽刺、嘲弄我，我竭尽全力按捺住自己，没以同样的口吻回敬他一番。

“刚才，”我以生硬的口吻说，“我想走进这处宅邸，如果没有搞错的话，它是阿尔蒂加斯伯爵的住处，而我被拒之门外。”

“谁拦的您，盖东先生？”

“是伯爵的仆人。”

“这个人极有可能奉命行事，专门针对您的。”

“然而，不管他愿不愿意，阿尔蒂加斯伯爵都应听听我的意见。”

“我想这很难……甚至不可能。”工程师赛尔科笑着说。

“为什么？”

“因为我们这儿不再有阿尔蒂加斯伯爵了。”

“您在开玩笑，我想！我刚才还看见他。”

“您看见的不是阿尔蒂加斯伯爵，盖东先生。”

“那么，请问他是谁？”

“是海盗盖尔·卡拉日。”

以生硬的口吻投出这个名字后，赛尔科工程师就走开了，我都没有想到要拦住他。

海盗盖尔·卡拉日！

是的！这个名字让我了解到事情的全部！我知道这个名字，它引起我什么样的回忆啊！单是这个名字便向我说明了某些我所看到的无法解释的事情！它告诉了我落在什么样的人的手中！根据我已经知道的，以及我到达“倒置的杯子”岛之后从工程师赛尔科的口中了解到的事情，我必须讲一讲这位盖尔·卡拉日的过去和现在。

八九年之前，海盗在西太平洋肆意妄为，杀人越货，犯下累累罪行，从而使这一带海域变得荒凉一片。在那一期间，在一凶残的海盗头子的率领下，一群来自世界各地的坏蛋，殖民地驻军中的逃兵，越狱潜逃的苦役犯，弃船而逃的水手，沆瀣一气，为非作歹。这群海盗的核心人物是由欧洲和美洲社会中的人渣组成的，为了淘金，他们来到了澳大利亚南部的新威尔士省的各个地区。船长斯巴德和工程师就是这些淘金者的一员，共同的趣味和性格立即将这两个处于穷途末路的人紧密地联系在一起。

这两个人受过教育，意志坚定，只要凭得他们的聪明才智，不论从事何种职业生涯肯定会获得成功。可是，他们是既无良心又无顾忌的人，一心想要不择手段地发财，希望通过投机和赌博来获得本可通过辛勤的劳动而获得的东西，于是他们便投身于各种令人难以置信的冒险之中去了，像那些前往金矿谋求致富的流浪汉一样，朝富夕贫就是他们的生活写照。

那时候，在南部威尔士的金矿附近，有一个人胆大妄为，他从不在任何事情——甚至是犯罪——面前退却，真可谓胆大包天，他对那些生性凶狠残暴的人具有不可抗拒的影响力。

这个人名叫盖尔·卡拉日。

这名海盗是什么出身和国籍，他过去做过什么，对此而进行的调查未能解答这些问题。他虽一直逍遥法外，但他的名字——起码是他自己给自己起的名字——却传遍了世界。谈及他，人们可谓谈虎色变，好像他是个看不见抓不着的神话中的人物。

现在，我可以肯定盖尔·卡拉日是马来人，总之，这并不太重要。可以肯定的是，世人有理由把他看作是一名肆无忌惮的海盗，在远海干过无数罪恶勾当的主谋。

他在澳大利亚的金矿待了几年后，结识了工程师赛尔科和船长斯巴德，在维多利亚省的墨尔本港抢到了一艘船。他的同伙有三十来人，不久这个数目就扩大了三倍。在太平洋的这部分海域进行抢劫相当容易，而且我们可以说，收获颇丰——人们无法计算在西太平洋的某些岛屿发生过多少次有组织的海上抢劫事件，有多少船员被杀，有多少艘船只被劫，总之，澳洲的移民对此无力进行自卫。尽管由斯巴德船长指挥的盖尔·卡拉日的这艘船曾多次被发现，可人们毫无办法抓住它。它似乎具备在迷宫般的群岛中神奇地消失的才能，因为盖尔·卡拉日熟悉这些群岛的所有航道和海湾。

令人畏惧的海盗统治着这片海域，英国人、法国人、德国人、俄国人、美国人，白白地派出舰队去追捕这种幽灵船，在抢劫和屠杀之后，没有人知道它跑到哪里去了，隐藏在什么地方，人们对于将他逮捕归案、绳之以法已经感到绝望了。

一天，这些罪行结束了。再也听不到有人谈论盖尔·卡拉日了。难道说他离开了太平洋到其他海域上去了？又立即开始在别的地方进行抢劫去了？由于在一段时间内没再发生过海盗抢劫事件，人们便产生了这种想法，这是因为在长期的抢掠获得庞大财富中，扣掉狂饮滥吃的花费和挥霍掉的财富，还剩下相当多的钱财。盖尔·卡拉日和他的同伙也许已将他们的财富藏到某处只有他们自己才知道的隐秘而又安全的地方，现在正在享用着这笔财富呢。

自从这帮海盗销声匿迹之后，他们躲到哪里去了？就此而进行的所有搜查全是劳而无功。不安和危险消失之后，人们渐渐地忘掉了西太平洋的海盗。

以上就是过去发生的事情，如果我不能逃出“倒置的杯子”岛，那么现在发生的事情世人永远也不会知道。

是的，当这群杀人越货的不法之徒放弃太平洋西部海域时，已经拥有了巨大的财富。在销毁了他们的海盗船之后，他们通过各种渠道分开了，相约在美洲大陆碰面。

那时候，工程师赛尔科，非常精通他的业务，是位十分能干的机械师，他曾热衷于研究潜水艇的构造，便建议盖尔·卡拉日制造一艘潜水艇，以便在更为隐秘，更为可怕的条件下重新进行犯罪活动。

盖尔·卡拉日认为同伴的建议非常实用，钱不成问题，只需开始实施计划就可以。

这位所谓的阿尔蒂加斯伯爵一边在瑞典的哥德堡的造船厂订做“埃巴”号双桅纵帆船，一边把潜水艇的设计图纸交给美国费拉戴尔菲的克瑞姆斯造船厂，制造这艘潜水艇没有引起任何怀疑。而且，正如人们将看到的，他连人带船销声匿迹了。

这艘潜水艇是按照工程师赛尔科的设计并在他的特别的监督下制造的，使用了在当时很完善的造船术。用新发明的电池所产生的电流带动固定在螺旋桨轴上的发动机，赋予发动机以强大的推力。

毫无疑问，没有人能够猜出阿尔蒂加斯伯爵就是先前横行在太平洋上的海盗盖尔·卡拉日，也没有人猜出工程师赛尔科是他最为忠实的死党，人们只把他看作是一位出身高贵，拥有巨大财富的外国人。一年来，他乘“埃巴”号双桅纵帆船经常出没在美国的各个港口，而他的“埃巴”号双桅纵帆船早在他的大功率拖船建造完毕之前就下海了。

建造拖船的工作至少需要十八个月。建造完毕时，这艘新船引起了所有对海下航行器感兴趣的人的赞赏。它的外形，内部构造，通风系统，舒适性，稳定性，潜水速度，灵活性，上浮下潜的速度变化，操作的灵活性，非比寻常的航速，赋予该船以机械动力的电池的容量，该船所具有的所有的优良性能都远远超过了“古拜特”号、“杰诺特”号、“译黛”号的后继者以及其他在当时已十分完善的潜水艇。

此外，人们很快就能判断出它的性能，因为经过各种十分成功的实验之后，此艇在距查尔顿四海里远的外海处进行一次公开的试航，无数艘战舰、商船、游艇，美国人和外国人将要前来观看。

不用说，“埃巴”号也在参观的船只之列。阿尔蒂加斯伯爵、工程师赛尔科、船长斯巴德以及全体船员都在双桅纵帆船上——六七名操纵潜艇的船员除外，潜水艇由一名非常勇敢出色的英国机械师吉普森指挥。

最后一次的试航计划包含以下内容：在大洋洋面上做出各种动作，然后必须潜入海底若干个小时，随后，当它到达放置在远海若干海里之外的浮筒处时再奉命浮出海面。

时间到了，关上舱顶门后，潜水艇先在海面上行驶，它的速度和转弯的能力的试验结果令观众赞叹不已。

接着，“埃巴”号发出了一个信号，潜水艇慢慢地下潜，消失在众人的眼前。

几艘船向潜水艇重新浮出水面的指定地点驶去，三个小时过去了……潜水艇没有浮出水面。

人们无法知道的是这艘用于在水下悄悄地拖曳双桅纵帆船的机器只会在离那儿还有几海里的地方重新浮出水面，这是阿尔蒂加斯伯爵和工程师赛尔科与潜艇上的操作人员事先约定好的。但是，除了知情者之外，所有的旁观者都毫无疑问地认为潜水艇或是由于船体或是由于机器发生故障而失事了。“埃巴”号上的人故意装作惊慌失措之态，而其他船上的人为此感到伤心才是真的。人们做了各种调查，派潜水员潜到潜水艇行驶过的水域，这些寻找纯属白费劲儿，人们似乎已确信它已经葬身于大西洋洋底。

这件事发生两天之后，阿尔蒂加斯伯爵又出海了，四十八小时之后，他们在事先约定好的地点又见到了大功率拖船。

这就是盖尔·卡拉日拥有一艘奇妙的潜水艇的经过，它有两个用途：第一用途是拖曳双桅纵帆船，第二个用途是袭击来往船只。由于拥有这艘摧毁一切船只能力的潜艇，阿尔蒂加斯伯爵又能立即开始令他在最佳的安全而又不受惩罚的条件下进行抢掠的海盗行径了。

这些行迹是我从工程师赛尔科的嘴里得知的，他对于他的作品非常骄傲——也十分相信“倒置的杯子”岛的囚犯永远也无法将这个秘密泄露出去。实际上，我们知道了盖尔·卡拉日拥有了什么样的攻击能力。晚上，大功率拖船朝来往船只撞击，它的样子像条游艇，不会被人怀疑。当它用其船首冲角刺破那些船只的船体时，双桅纵帆船靠上前去，阿尔蒂加斯伯爵的手下屠杀那些船只上的船员，抢掠船上的货物。因此，在海事通报中，无数条船只的命运只能归结到以下令人失望的专栏下：人员与货物俱失。

一年之中，在查尔顿海湾上演了那场令人可憎的喜剧之后，盖尔·卡拉日又来“开发”从大西洋海域至美国的远海，他的财富以惊人的速度增长着。没有用处的货物便在远处的市场出售，抢掠的财物变成了金银。但是海盗一直缺少一个隐秘的地方，以便在分赃之前把抢到手的财宝藏好。

一个偶然的机会帮了他们的忙。当工程师赛尔科和机械师吉普森勘察百慕大群岛附近海域的海底时，他们发现了在小岛的底部发现了通向“倒置的杯子”岛内部的隧道。盖尔·卡拉日在哪里能发现比这儿更能躲避搜查的地方？就这样，原先就做过匪巢的百慕大群岛中的这个小岛便成了一群可怕的海盗的聚集地。

“倒置的杯子”小岛一经被选定，阿尔蒂加斯伯爵及其同伙便在宽阔的圆顶下安排起他们的新生活来了，正如我观察到的那样。工程师赛尔科建了一间发电室，在建造的过程中并没有使用那些在国外制造会引起怀疑的机器，仅仅使用安装起来十分方便的电池，这种电池只用金属板和化学物质当原材料，“埃巴”号在美国停泊时大量购买。

这样我们可以轻易地猜出来十九至二十日晚上所发生的事了。那艘没风无法行驶的三桅船在天亮的时候踪影全无，无非是因为大功率拖船接近了它，它遭到了双桅纵帆船的攻击、抢劫，和全体船员一起沉到了海底。当它葬身于大西洋的深渊之中的时候，它的一部分货物已经运到了“埃巴”号船上！

我落到了什么人的手中，如何结束这种遭遇呢？我能否逃离“倒置的杯子”岛的这座监狱，揭发阿尔蒂加斯伯爵这个冒牌货，拯救被盖尔·卡拉日这帮海盗百般蹂躏的海域？

盖尔·卡拉日已经够让人害怕的了。他一旦手中掌握住“罗克闪光弹”，他岂不变得更加令人可怕吗？是的，肯定如此！如果他使用这种新型毁灭式导弹，没有任何一艘商船能抵得住这种导弹的攻击，没有一艘战舰能逃脱被它彻底摧毁的厄运。

盖尔·卡拉日这个名字所暗示给我的所有这些想法长久地萦绕在我的头脑之中。我所了解的这个著名的海盗的一切又回到我的记忆之中——他在太平洋海域上为非作歹的海盗生涯，海上强国的舰只对它那艘海盗船的大肆讨伐，那些军舰远征讨伐后的无功而返，这几年来在美洲大陆远海处莫名地消失了的船只都应归结于他的罪恶勾当。他只是更换了行凶作恶的舞台，世人以为已经摆脱了他，而他却在这艘人们以为已被查尔斯顿港的海水吞噬掉得大功率拖船的帮助下在大西洋繁华的洋面上继续进行他的海盗行径。

“现在，”我心里想着，“我已经知道了他的真名实姓和他真正的藏身之所——盖尔·卡拉日和‘倒置的杯子’岛！但是，赛尔科之所以向我吐露出这个名字，肯定得到了允许，这不等于让我明白：我得永远放弃我重获自由的想法吗？”

工程师赛尔科已明显地看出这个名字对我产生的影响。我记得，他离开我之后，便朝盖尔·卡拉日的住处走去，毫无疑问，他是想去告诉他刚才发生的事情。

我在泻湖边儿上走了很长时间以后，准备回我的小屋，这时，我的耳边响起了脚步声。

我转过身。

由斯巴德船长陪着的阿尔蒂加斯伯爵就站在那里。他满怀狐疑地看了我一眼，这时，一阵无法抑制的愤怒让我脱口而出：

“先生，您无权把我关在这里！如果说您把我从海尔斯福尔疗养院劫持出来是为了照顾托玛斯·罗克的话，我拒绝照料他，我请您把我送回……”

海盗首领一言未发、一动不动。

这时候，我真是愤怒至极。

“回答我，阿尔蒂加斯伯爵——或者不如说——因为我知道您是谁……请回答……盖尔·卡拉日……”

而他回答道：

“阿尔蒂加斯伯爵是盖尔·卡拉日，正如看护盖东是工程师西蒙·哈特，盖尔·卡拉日永远不给知道他秘密的工程师西蒙·哈特以自由！”

十一、五周之内

情况非常清楚，盖尔·卡拉日知道了我的真实身份。当他派人把托玛斯·罗克及其看护从海尔斯福尔疗养院劫持出来的时候，他已经知道我是谁了。

这个人是怎么知道我真实身份的，他怎么会知道疗养院的全体职工都不知道的事，他怎么会知道一位法国工程师在履行看护托玛斯·罗克的职责呢？我不知道他是如何知道的，但他确实知道。

显然，此人拥有一些获得情报的手段，他获取的情报想必是花大价钱买来的，但他能从中获得极大的利益。何况，他这种人为了达到目的是不会吝惜钱财的。

今后，将由这位盖尔·卡拉日，或者他的同伙工程师赛尔科代替我的位置待在法国发明家托玛斯·罗克的身旁了。他们的努力会比我的更有成效吗？上帝保佑他们什么也得不到，让可怜的托玛斯·罗克能得到文明世界的宽恕！

我没有回答盖尔·卡拉日的最后一句话。它就像当面射向我的子弹，在我的身上产生了效果。然而，我并没有被击倒，这位所谓的阿尔蒂加斯伯爵或许会认为我将一蹶不振吧。

不！我直视着他，我的头并没有垂下，我的双眼反而熠熠生辉。我学着他的模样，双臂交叉。然而，他是主宰我生命的人，他只需作个手势便可让我挨上一枪躺在他的脚下，然后，我的尸体将被投进泻湖，经由隧道飘到“倒置的杯子”岛远处的洋面上。

这一幕发生之后，他们依旧让我自由行动，没有采取任何不利于我的措施。我可以在石柱间随便地转来转去，直至东边，很明显，岩洞除了隧道之外没有其他的出口。

当我回到比海福边儿上的我的“蜂房”里去的时候，处于新情况下的我的头脑中思绪万千，我心里想：

“盖尔·卡拉日虽知道我就是工程师西蒙·哈特，但他至少永远也不会知道我了解‘倒置的杯子’岛的详情。”

至于将托玛斯·罗克交给我照料的计划，我想阿尔蒂加斯伯爵从来没有认真地考虑过，因为他已经知道了我的真实身份。从某一方面来说，我很遗憾，因为毫无疑问，发明家将会受到越来越紧迫的催逼，工程师赛尔科将不择手段地去获取火药及燃爆剂的成分及结构，掌握了它们，在以后的海盗行动中就可以令人憎恶地加以应用。是的！我最好还是去看护托玛斯·罗克，在这里看护他，就像在海尔斯福尔疗养院里一样。

接下来的两个星期，我一次也没见过我原先看护过的病人。我再说一遍，没有人干扰我每日的散步。从生活中的物质条件来看我没有什么可操心的。我的饭菜由阿尔蒂加斯伯爵——我习惯这样称呼他，因此有时还这样叫他——的厨房准时送来。我对饭菜如何从不挑剔，因此有一丁点的抱怨都是不公正的。由于“埃巴”号每次外出时都会带回新的食品，所以食品从不缺。

幸运的是，我在漫长的无所事事的过程中，仍能以写点儿东西度过时光。于是，我可以在笔记本上详细地记录下我从海尔斯福尔疗养院被劫持以来的所有事情，而且坚持每天写日记。只要我手中的笔没有被人从我的手中夺走，我就坚持写下去。也许日后我的日记会有助于解开“倒置的杯子”岛的秘密。

七月五日至二十五日，两个星期过去了。我想接近托玛斯·罗克的任何尝试都没有获得成功。显然，阿尔蒂加斯伯爵已经采取了一些措施使托玛斯·罗克免受我的影响，尽管直至此时我对他的影响毫无作用。我唯一的希望就是阿尔蒂加斯伯爵、工程师赛尔科、船长斯巴德妄图窃取发明家的秘密只是在浪费时间和精力。

有三四次，至少据我所知，托玛斯·罗克和工程师赛尔科围着泻湖一块儿散步。在我看来，托玛斯·罗克似乎相当认真地倾听着赛尔科讲的话。此人带着他参观了整个岩洞，领他去发电室，详细地向他讲解大功率拖船的机械原理。自从海尔斯福尔疗养院被劫持以来，托玛斯·罗克的精神状态有了明显的好转。

在盖尔·卡拉日的宅邸内，托玛斯·罗克单独占用一个房间。我敢肯定他每天都受到哄骗，尤其是工程师赛尔科的哄骗。同意给他的导弹以他所要求的价格付钱。他明白钱的价值吗？他抵得住钱的诱惑吗？……这些坏蛋会用多年积攒下来的抢掠来的金子和银子令他眼花缭乱的！从他目前所处的精神状态来看，他会不会身不由己地把“闪光弹”的构造透露给他们？到了那时，只要把必须用的材料运至“倒置的杯子”岛，托玛斯·罗克就完全有时间进行各种化学物质的化合。至于导弹，只要在大陆的某一工厂定好货，在该厂厂内分别制造各种零件，便可以不引起外界的任何猜疑，还有什么比这样去做更容易的事呢？一想到海盗们掌握这种毁灭性武器后可能产生的后果，我便毛骨悚然！

这些令我无法克制的忧虑让我得不到片刻安宁，使我日渐憔悴，身体受到影响，虽然“倒置的杯子”岛的内部空气新鲜，但我有时还是感到透不过气来。我似乎觉得这坚固的岩壁正以其所有的重量向我压来，把我压得粉身碎骨。而且，我还感觉到自己与世隔绝——仿佛住在地球之外——对海外各地所发生的事情一无所知！啊！我若能从泻湖上方洞顶上的口子处逃走就好了，从小岛处逃走，然后再下到山底！

七月二十五日上午，我终于碰见了托玛斯·罗克。他独自一人待在对岸，我甚至在想：盖尔·卡拉日、工程师赛尔科、船长斯巴德三个人，从昨天起我就没有见到过他们，他们是不是动身前往“倒置的杯子”岛的远海海域进行某种“远征”去了。

我朝托玛斯·罗克走去，在他看到我之前，我仔细地打量着他。

他的神情严肃，若有所思，不再像个疯子。他慢慢地踱着步，双眼低垂着，并没有看四周的情况，胳膊上夹着一块小木板，上面铺着一张纸，纸上绘着各种图样。

突然，他抬起头向我这个方向看来，他向前走了一步，认出了我，他说：

“啊！是你……盖东！……”他叫道。“我从你的手心儿中逃出来了！我自由了！”

实际上，他可以认为自己自由了——待在“倒置的杯子”岛上要比待在海尔斯福尔疗养院自由多了。但是，我的出现有引起他痛苦回忆的可能性，引得他再次犯病，因为他以异乎寻常的激动情绪大声地对我嚷嚷：

“对……是你……盖东！”他叫道，“不要靠近我……不要靠近我……

你想重新抓住我……把我重新带到单人病房中……永远也办不到！……在这里，我有朋友保护我，他们强大而又富有！……阿尔蒂加斯伯爵是我的责任股东！……工程师赛尔科是我的合伙人！……我们要共同开发我的发明！……我们要在这里制造‘罗克闪光弹’……走开！……走开！……”

托玛斯·罗克愤怒之至，他喊叫的声音越来越大，与此同时他舞动着双臂，从口袋里掏出几沓美元和银行支票。接着，有好几块英国、法国、美国、德国的金币从他的手指间掉到地上。他手里拿着的这些钱若不是来自阿尔蒂加斯伯爵，作为购买秘密的酬金，又会来自何人之手呢？

然而，在不远处看着我们，见到这不愉快的一幕，闻声赶过来的几名水手抓住了托玛斯·罗克，他们夹住了他，把他拖走了。而且，我一从他的视线中消失，他就变得很温顺，精神上和肉体上都恢复了平静。

七月二十七日，这件事发生了一两天之后，清晨时，我朝泻湖的湖岸走去，顺着石砌的码头一直走到它的尽头。

大功率拖船不在岩石边儿上往常停泊的锚地上，也没在泻湖的任何地方停泊。此外，盖尔·卡拉日和赛尔科工程师没有像我推测的那样出海了，因为我在昨天晚上看到了他们。

但是，今天，完全有理由认为他俩与船长斯巴德和船员们登上了大功率拖船，然后和停泊在小岛海湾处的双桅纵帆船合在一起，现在，“埃巴”号正在海上航行。

是不是去干抢掠的海盗勾当？这有可能。然而，也有可能，盖尔·卡拉日一上了那艘帆船就又变成了阿尔蒂加斯伯爵，准备前往沿海的某个港口区购买制造“罗克闪光弹”所需的原材料。

啊！我要是能够藏在大功率拖船上，然后再溜到“埃巴”号的货舱里，一直躲藏到它到达港口！那么，我或许能逃走，为世人清除掉这群海盗！

各位看到了我是多么固执地想逃跑……逃跑……不惜一切代价逃离这座匪窟！但是逃跑只有乘着潜艇通过隧道才办得到！我这样想问题是不是发疯了？是的！太疯狂了！但是，还有其他什么办法可以逃离“倒置的杯子”岛呢？

当我沉浸在这些想法的时候，在距码头有二十米远的泻湖湖面上，湖水微微向两边分开以便让大功率拖船通过。它的舱盖立即被打开了，机械师吉普森和水手们登上了平台。其他人跑到岩石上以便接住缆绳。有人抓住了缆绳。往岸边拉，潜艇慢慢地停泊下来。

因此，这一次，双桅纵帆船没有借助于它的大功率拖船航行，潜水艇只是把盖尔·卡拉日及其同伴送到了双桅纵帆船上，而且将其拉出了小岛的航道。

这更加证实了我的想法：阿尔蒂加斯伯爵的这次出航的目的就是要前往美国的港口。到了那儿他能买到制造炸药的材料并在某个工厂定做导弹。然后，在预定的日子里返程，大功率拖船再次通过隧道，与双桅纵帆船会合，盖尔·卡拉日将返回“倒置的杯子”岛。

很显然，这个坏蛋的计划正处在实施过程之中，这一切进行得比我想象得要快！

八月三日，今天，泻湖中发生了一件事情——一件很有意思的事情，应实属罕见之事。

将近下午三点钟的时候，泻湖湖水剧烈地翻滚了一小会儿，两三分钟之后又恢复了平静，接着湖中央又开始了波涛滚动。

十五六名海盗，被这种无法解释的现象吸引来到了岸边，惊讶之中夹杂着一丝恐慌——据我观察。

根本不是大功率拖船引起水面的波动。因为它停泊在码头边儿上。至于联想到是另一艘潜水艇潜过隧道出现的泻湖中，这种假设似乎无论如何都不成立。

几乎就在此时，对岸响起了众海盗的喊叫之声，其他的人用一种我难以理解的语言对先行来到湖边的人说着什么，略微交谈了几句话之后，后面来到的人匆匆返回比海福。

难道说他们发现了某个海怪游进了泻湖？他们是去找攻击它的武器和渔船？……

我猜对了，过了一会儿，他们又回到泻湖边，拿着枪和系着长绳子的鱼镖。

实际上，这是一头鲸鱼——是百慕大群岛数量众多的抹香鲸——它穿过隧道后，这会儿正在泻湖的深水中挣扎着。既然，这只动物不得不来“倒置的杯子”岛内寻找藏身之地，它是不是因为受到猎鲸者的追逐？……

几分钟以后，这头鲸鱼浮出水面，我隐隐约约地看到一团庞大的，油光锃亮的，浅绿色的物体在水中游动，好像在与一个可怕的敌人进行着搏斗。当它第二次浮上水面时，两股水柱从它的鼻孔喷出，发出巨响。

如果这头动物是为了躲避捕鲸者的追逐才穿过隧道的，我心中暗想，那么，在“倒置的杯子”岛的附近一定有艘船……也许就在距岸边几链的地方……而且，它的小艇已经从西边的航道来到了小岛的脚下……我无法和他们联系上！

如果事情果真如此，我是否可以穿过“倒置的杯子”岛与那船上的人会合？

但是，我很快就弄清了这头鲸鱼出现在湖面上的原因了。原来根本不是锲而不舍的渔民在追逐它，而是一群鲨鱼——是横行于百慕大群岛附近海域的可怕的角鲨。我在海水和湖水两种水质之间轻易地认出了它们。这群鲨鱼总共有五六只，它们从侧面转过身来，张开血盆大口，牙齿像刷牲口用的铁齿刷上的铁齿那样竖立着，它们朝鲸鱼冲过去。后者只能用尾巴甩打它们用以自卫。鲸鱼已被鲨鱼狠狠地咬了几口，水面被血水染红了，鲸鱼沉下，浮起，但无法避免鲨鱼的撕咬。

然而，搏斗的胜利者并不是这些生性残忍的动物，它们将失去猎物，因为配备着武器的人比它们更强大。在岸边，站着不少盖尔·卡拉日的同伙，他们比凶残的鲨鱼好不到哪儿去，因为海盗与海中之王是一丘之貉！他们想要捕获这头抹香鲸，这头鲸鱼将要成为“倒置的杯子”岛上的海盗的囊中之物。

这时，鲸鱼游近了码头，游近了阿尔蒂加斯的马来仆人和其他几个身强力壮的人。

这个马来人手里拿着一根鱼镖，上面系着长绳，他用手臂使劲地挥动这鱼镖，灵巧地朝鲸鱼投去。

鲸鱼的左鳍被击中，受了重创，它猛地沉入水中，鲨鱼也随之沉下。系在鱼镖上的绳子被放出五十至六十米长。现在，只需拉动绳子把鲸鱼拉上来。这头动物从水下浮了上来，吐出它的最后一口气。

这时，马来人和他的同伴们一起，正不紧不慢地拉着绳子，以免把鱼镖从鲸鱼的鳍上拉掉。不大的功夫，它便出现在隧道口附近的岩壁旁。

受了致命伤的这头体形庞大的哺乳动物进行着垂死的挣扎，喷出一股股水汽和血水。然后，它用尾巴可怕地一击将一只抽动着的鲨鱼甩到了岩石上。

由于全身来回摆动，鱼鳔从抹香鲸的鳍部掉了下来，它又潜入水中。当它最后一次浮上水面时，用尾巴的背面使劲儿地拍打着湖面，它用的力量如此之大以致于水面凹陷了下去，让人部分地看到了隧道口。

鲨鱼扑向了它们的猎物，但是，一阵弹雨击中了它们，其他未被击中的鲨鱼便四散而逃。这群鲨鱼能否找到隧道口,游出“倒置的杯子”岛，游到远海去？很有可能。但是，谨慎起见，这几天最好不要到湖中游泳。至于那头鲸鱼，两名海盗坐上小艇要把它拴住。然后，小艇把它拉到码头上，马来人熟练地把它切成几块，看来他干这种活儿并不觉陌生。

终于，我确切地知道了隧道口的精确位置，它穿过西面的岩壁，隧道口位于仅仅在湖岸下三米处,了解到它究竟在哪里的确对我有什么用处吗?

八月七日，到今天为止，阿尔蒂加斯伯爵、工程师赛尔科和船长斯巴德已经出海十二天了，没有任何迹象表明双桅纵帆船近期就会回来。但是，我注意到大功率拖船准备启航了，像蒸汽船为启航做准备为船上的锅炉备好蒸汽一样，机械师吉普森一直在给它艇上的电池充电。双桅纵帆船“埃巴”号虽不惧怕在光天化日之下来到美国的各个港口，可它很有可能选择晚间进入“倒置的杯子”岛的航道。因此，我猜出盖尔·卡拉日及其同伙会在晚上回来。

八月十日，昨天晚上，将近八点钟的时候，正如我预料的那样，大功率拖船潜入水中，准时穿过隧道，将“埃巴”号拖着通过了航道，把船员们带了回来。

DUPLESSIS

今天早晨，走出屋子时，我看到托玛斯·罗克和工程师一边交谈着一边朝泻湖边上走去。他们两个在谈些什么，我猜得出来。我站在二十来步远的地方，观察着我从前的病人。

他目光炯炯，脑门儿发亮，当工程师赛尔科回答他的问题时，他的神情变幻不定。他几乎无法待在原地一动不动。因此，他急急忙忙地朝码头走去。

工程师赛尔科跟在他后面，两个人全都在岸边停住了脚步，站在大功率拖船旁边。

船员们正忙着卸货，把十个中等大小的箱子卸到石头之间。

这些箱子的箱盖上有用红色字母做的特殊标记——托玛斯·罗克仔细地看着开头的字母。

工程师赛尔科命人将这些每个的容量约有一百升的箱子搬到左岸的仓库中。小艇立刻负责起搬运的任务。

依我看，这些箱子中想必装着的组合或混合的化学物质可以制成炸药或燃爆剂，至于导弹，他们想必已在大陆上的某家工厂订了货。造完后，双桅纵帆船将去装运并运回“倒置的杯子”岛。

因此，这次“埃巴”号带回的货物不是抢掠而来的东西，它没有犯下新的海盗抢掠罪行。但是，盖尔·卡拉日将在海上的进攻和防御中拥有多么可怕的力量！按照托玛斯·罗克的话，他的“闪光弹”难道不能一下子摧毁地球？谁知道有朝一日他会不会这样去做呢？

十二、工程师赛尔科的建议

托玛斯·罗克开始工作了，他长时间地待在左岸的一间仓库里，那里成了他的实验室。除了他之外，任何人都不能进去。难道他想独自一人进行制造，不让人知道化学方程式……很有可能是这样。

说到闪光弹在使用的时候所要求的设备，我认为非常简单。实际上，发射这种导弹既不需用大炮、迫击炮，也不需要用像扎兰斯基圆炮弹那样的发射管。由于它是自动推进的，本身就具有抛射力，所以在一定范围内经过的所有船只单凭该弹在大气层引起的可怕的搅扰便有被摧毁掉的危险。如果阿尔蒂加斯伯爵有朝一日拥有了这样一种毁灭性的武器，我们还有办法对付他吗？

八月十一日至十七日。这个星期内，托玛斯·罗克不间断地工作着。每天早晨，他去实验室工作，直到天黑时才回来。我甚至没有接近他和他说话的机会。他虽然一直对与他的实验毫无关联的事情漠不关心，可他好像完全地控制住了自己。他为什么不能享有他的健全的思维呢？他难道不能完全满足于他的天才吗？他长期酝酿的计划不正在实施着吗？

八月十七日至十八日。凌晨一点钟，外面的爆炸声将我惊醒。

有人进攻“倒置的杯子”岛了？我心中暗想，难道阿尔蒂加斯伯爵的“埃巴”号的行踪引起了外界的怀疑，当它进入航道时受到了追击？难道有人试图用大炮摧毁小岛？难道在托玛斯·罗克制成炸药，在导弹被运回“倒置的杯子”岛之前，这群坏蛋终于受到了正义的惩罚？

这些剧烈的爆炸声响了好几次，每一次的间隔时间很有规律。我想，如果“埃巴”号被摧毁，那么，小岛与大陆的所有联系就会中断，小岛也无法再进行补给。

的确，大功率拖船能把阿尔蒂加斯伯爵带往美国沿海的某个地方，他有足够的钱再造一艘帆船。这点无关紧要！……只要“倒置的杯子”岛在盖尔·卡拉日拥有“罗克闪光弹”之前被摧毁就该感谢老天爷！

第二天，天一亮我就奔出了屋子……

比海福四周没发生什么事情。

海盗们忙着干他们日常的工作。大功率拖船停在它的泊地上。我看到托玛斯·罗克正向实验室走去。盖尔·卡拉日和工程师在安静地散着步。昨天夜里根本没有人攻击小岛，可是，近在咫尺的爆炸声的确把我从睡梦中惊醒。

就在这时候，盖尔·卡拉日朝他的住处走去，工程师赛尔科向我走过来。像往常一样，他面带笑容，神情之中带有嘲讽之色。

“咳，西蒙·哈特先生，”他对我说，“您是否最终习惯了我们在这安静的环境里的生活？您是否恰如其分地欣赏我们这个充满魔力的岩洞的优越之处？您是否不再奢望有朝一日会重新获得您的自由会逃离这个奇妙的山洞。”他哼起了一段法国古老的浪漫曲以作补充：

这些充满魅力的地方，

在这里，我的灵魂充满欢乐。

欣喜地凝视西尔维亚……

和这位天生喜欢捉弄别人的人生气有什么用呢？因此，我平心静气地说：

“不，先生，我没有放弃，我一直希望你们能还我以自由。”

“什么！哈特先生，让我们离开一位我们大家都很尊敬的先生吗——而我，是他的一位同行，我大概会吃惊的，因为我能从托玛斯·罗克的支离破碎的言谈中，窥悉到他的一部分秘密！您不是在开玩笑吧！”

啊！正是这个原因促使他们将我囚禁在“倒置的杯子”岛上。

他们猜想到我掌握了托玛斯·罗克发明的部分秘密，托玛斯·罗克倘若拒绝吐露真情的话，他们希望会迫使我讲出来。因此，我和托玛斯·罗克一起被他们绑架，所以，他们并没有在我的脖子上拴上块石头，把我沉湖！这很容易推测出来！

我便说了下面这句话用以回答工程师赛尔科的最后一句话：

“我绝没有开玩笑的意思。”我坚定地说。

“那么，”和我谈话的这个人接着说，“如果我有幸成为西蒙·哈特工程师的话，我会做如下的推理：一方面，鉴于盖尔·卡拉日的身份，多种原因促使他选择这一秘密的岩洞作为隐蔽之所，这样选择也是出于这一山洞不让任何人发现的需要，这不单维护了阿尔蒂加斯伯爵的利益而且也维护了他的同伴们的利益。”

“是同案犯，如果您同意的话。”

“就算是同案犯吧！另一方面，鉴于您知道了阿尔蒂加斯伯爵的真实姓名和我们隐藏财宝的秘密地点”

“抢掠而来并沾满鲜血的财宝，赛尔科先生！”

“就算是吧！……您应该明白这个有关自由的问题永远也不会被按照您个人的意见得以解决的。”

在这样的条件下，争论下去没有必要。因此，我把我们二人的谈话内容转到另一个话题上去。

“我能否知道，”我问道，“你们是怎么知道看护盖东就是工程师西蒙·哈特的？”

“让您知道此事的来龙去脉没有什么不便的，我亲爱的同行，这事情有点偶然。我们和您曾经工作过的工厂有点儿联系，有一天，您以奇怪的方式离开了。然而，在阿尔蒂加斯伯爵参观海尔斯福尔疗养院几个月之前，我参观了那家疗养院，我见到了您，认出了您。”

“您？……”

“是我，从那时起，我就决定也请您参加‘埃巴’号的旅行。”

我想不起来曾在海尔斯福尔疗养院里见到过这位赛尔科，但是，他讲的也许是实话。

而我希望，我想到，这个异想天开之举有朝一日要让你们付出惨重的代价！

接着，我突然说：

“如果我没有搞错的话，”我说，“你们已能让托玛斯·罗克作出把‘闪光弹’的秘密卖给你们的决定了？”

“没错，哈特先生，用几百万的价格获取的。哦！这笔钱只不过让我们在取的时候费了点儿力气罢了！……所以，我们便把他的口袋塞得满满的。”

“这几百万对他有什么用呢，如果他不能自由地将其带走，在外面尽情享用它们呢？”

“他根本不操心这事，哈特先生！未来根本不会令这位天才的人物发愁！他难道不是生活在现在？当那里，在美国，有人按照他的图纸制造导弹的时候，他在这里忙着配制大量的，各种化学物质，嘿，嘿！这种著名的自动推进导弹，能够自动地维系其飞行速度并加快速度直至击中目标，由于它装有一种可逐渐燃烧的火药！这东西，这是一项能够从根本上改变艺术的发明。”

“是为了防御吗，赛尔科先生？”

“还可以用于进攻，哈特先生。”

“当然！”我回答说。

我走近工程师赛尔科，又说道：

“这么一来……别的人没有从罗克的身上得到的东西……”

“我们没费多大劲儿便得到了……”

“同时也付出了代价。”

“令人难以置信的价格，而且，还挑动了这个人内心深处某根非常敏感的心弦。”

“哪根心弦？”

“复仇的心弦！”

“复仇？向谁复仇？”

“向所有与他为敌的人、打击他的人、拒绝他的人、驱逐他的人、迫使他一个国家一个国家地祈求这项具有不容置疑地优越性的发明的价格的人！现在，他灵魂深处的爱国主义思想彻底破灭了！他只有一个想法，一个残酷的愿望，向低估他能力的人进行报复，甚至向全人类！的确，哈特先生，你们这些欧洲和美洲的政府不愿以‘罗克闪光弹’的实有价值去购买它真是个无法辩驳的错误！”

工程师赛尔科满怀激情地向我描述着新式导弹的种种优点，他说这种导弹无可辩驳地优于使用硝基甲烷[①]的导弹。这种导弹的炸药是用一个钠原子代替三个氢原子制造出来的，在当时，世人曾对它津津乐道。

“它的杀伤力有多大啊！”他继续说，“它与扎兰斯基发明的圆炮弹相似，但比它的威力大一百倍，而且无需发射器去发射。因为，我们可以这样说：它用自身的翅膀在空间中飞行！”

我听他讲着，希望能从他的言谈话语中窥探到一点儿秘密。不！工程师赛尔科没有说出他不愿说出的东西。

“托玛斯·罗克把炸药的化学成分告诉你们了吧？”

“是的，哈特先生，您不要不高兴，不久我们就会拥有数量可观的炸药，我们将把它们储存在可靠的地方。”

“把这种物质大量地堆放在一起，难道没有危险，随时都会发生的危险吗？如果发生事故，整个小岛都会被爆炸摧毁。”

我又一次差点儿把“倒置的杯子”岛这个名称脱口说出来。既知道盖尔·卡拉日的真实身份，又知道岩洞的位置，他们大概会觉得西蒙·哈特知道的事情要比他应该知道的事情要多。

幸好，工程师赛尔科根本没有注意到我突然沉默了下来，他回答我说：

“我们没有什么可怕的，托玛斯·罗克的炸药只有借助于一种很特殊

① 一种炸药。

的气爆剂才会被点燃，不论是碰撞还是火都无法使其发生爆炸。”

“而托玛斯·罗克把这个起爆装置的秘密也卖给你们了吗？”

“还没有，哈特先生，”工程师赛尔科回答说，“但是，我们很快就会成交这笔买卖！因此，我再向您讲一遍，没有任何危险，您尽可高枕无忧，放心地去睡觉！见鬼！我们根本没有想过要和岩洞与财宝一起被炸掉！再做上几年好生意，我们就分配我们所获的利润，那时，我们获得的利润将非常可观，每个人分到的那份儿都能构成一笔巨大的财富，可供他尽情享用——盖尔·卡拉日集团公司内分完红之后！我要补充一点，如果我们能确保自己不受爆炸的威胁，那我们也就不用再害怕别人的检举、告发，而能够检举、告发我们的只有您一个人，亲爱的哈特先生！因此，我奉劝您好自为之，识时务者为俊杰，耐心地等待我们的公司结算完毕，到了那时，我们会根据我们的安全的需要来处置您！”

必须承认，他的这一番话让我彻底地安下心来。的确，我们走着瞧吧。我从这次谈话中知道了托玛斯·罗克虽然把他的炸药卖给了盖尔·卡拉日集团公司，但他起码保住了起爆剂的秘密，没有这东西，炸药只不过是大路上的一撮灰尘而已。

然而，在结束我俩的谈话之前，我认为必须问赛尔科工程师一个十分自然不过的问题：

“先生，您现在非常了解‘罗克闪光弹’的炸药成分了。那么，总的来看，它真的具有其发明者宣称的那种摧毁力吗？你们试验过吗？你们没有购买一种像烟草那样毫无效力的化合物吧？”

“哈特先生，对此，您没准儿比您所不愿意看到的假象更为深信不疑。但是，我很感谢您对我们的事业的关心，请您务必放心。昨天晚上，我们进行了一系列决定性的试验。我们只用了几克这种物质，便将海岸边上的巨石区炸成了粉末。”

很明显，他的解释是指我曾经听到过的爆炸声。

“因此，亲爱的同行，”工程师赛尔科继续说，“我可以肯定地对您说我们没有表现出任何的失望。这种炸药超出了人们的想象。几千吨这种威力无比的炸药便足以毁掉我们的地球，使它像在火星和木星之间爆炸的行星那样在太空中裂为碎片。请相信它能够摧毁在一定距离内的无论任何种类的船只，它的射程尽可藐视目前来看射程最远的导弹，它所涵盖的危险区域足有一海里。这一发明的唯一弱点就是在发射时的调节工作，校正发射角度需要很长的时间。”

赛尔科工程师止住了，好像不愿再多说，他补充说：

“因此，我最后要说的就是我刚开始讲的话，哈特先生，认命吧！接受这种无忧无虑的新生活！加入到这种地下生活的欢乐与平静中来，我们这里，当人身体好的时候，保持住他的健康，当人的身体受损时也可以恢复健康，发生在您的同胞身上的就是这个样子！顺从命运的安排吧！这是您能接受的最为明智的态度！”

说完上述一番话后，这位给我出了个好主意的人便像所有给别人出了好主意理应受到感谢的人一样，向我友好地致了一礼，然后就从我的身边走开了。但是，在他的话语，他的目光，他的态度之中充满了讥讽，难道说我永无复仇之日？

不论如何，从这次谈话中，我了解到发射“罗克闪光弹”时调节起来不太容易，所以，在这边和更远些的区域一样，一艘船是不会受到它的威胁的，我要是能够把这一情况通知给有关当局就好了！

八月二十日。这两天当中，没有发生任何事情。我每天都散步到“倒置的杯子”岛的尽头处。晚上，当灯光照亮岩洞内的长形景物的时候，我在凝视这个岩洞的奇妙景观时不由自主地产生了一种宗教般的感觉，可这岩洞成了囚禁我的监狱。此外，我从没有失去在岩壁上发现一处不为海盗所知，可以让我逃离虎口的裂缝的希望！的确，一旦逃出岩洞，我必须等待路过此处的船只，比海福的海盗马上就会发现我逃走了，我会马上被他们抓住。除非……我想……一条小艇……“埃巴”号船上的小艇……停在海湾深处。如果我能夺到一条小艇驶出航道让它把我带到圣·乔治和哈密尔顿……

晚上——时间大约为九点钟——我躺在一根石柱的沙地上，它位于泻湖东岸一百米的地方，过了一会儿，先传来一阵脚步声，然后就听到有人在不远的地方的讲话声。

我尽可能地蜷缩在石柱的岩石的后面，竖起耳朵仔细地听着……

我听出了他们说话的声音，原来是盖尔·卡拉日和赛尔科工程师。这两个人停下了脚步用英语在交谈——在“倒置的杯子”岛上通常用英语对话。因此，我能听懂他们在说些什么。

恰好，他们谈得是托马斯·罗克，或者不如说是他的闪光弹。

“一个星期之后，”盖尔·卡拉日说，“我打算乘‘埃巴’号出海，我会运回在弗吉尼亚的那家工厂定购的各种零部件，它们应该制造完毕了。”

“当我们得到这些零件时，”赛尔科工程师说，“我负责在这儿安装，并立起发射器，但是，在此之前，必须进行一项必不可少的工作。”

“什么工作？”盖尔·卡拉日问。

“在小岛的岩壁上开凿。”

“在岩壁上开凿？”

“噢！只是一条非常狭窄只能容一人通行的通道，一种很容易堵住的坑道，它的出口的外部将被岩石遮挡住。”

“作什么用的，赛尔科？”

“我常常考虑到除海底隧道之外再使用另一条与外界相通的通道，我们不知道将来会发生什么事情。”

“但这块岩壁很厚，石头又很坚硬。”盖尔·卡拉日提醒说。

“用一点儿罗克炸药。”工程师赛尔科说，“我负责将岩石炸成齑粉，到那时我们就可不费吹灰之力了。”

无疑这个话题对我的意义非常大。

他们要开凿一条除了隧道之外的另一条沟通“倒置的杯子”岛内外的通道，谁知道这会不会给我提供某种机会呢？

然而，正当我思考着这个问题的时候，盖尔·卡拉日应道：

“好吧，就这样说定了，赛尔科，如果有一天需要保卫‘倒置的杯子’岛，阻止任何船只靠近。的确我们的藏身之地也许偶然会被人发现，也许会被人告发……”

“我们无须担心，”赛尔科工程师说，“既不会有偶然，也不会有人告发……”

“毫无疑问，不是出自于我们内部的人，但是，这个西蒙·哈特也许会……”

“他！”工程师赛尔科大声说，“除非他有可能逃走，可没有人能从‘倒置的杯子’岛逃走！何况，我得承认，这位正直的人让我感兴趣。总之，他是我的同行，我一直怀疑他对托玛斯·罗克的发明知道的要比他嘴上说的多我，这般申斥他是为了我们能友好地相处，能像朋友那样在一起谈论物理、机械、弹道。”

“这无足轻重！”慷慨大方而又敏感的阿尔蒂加斯伯爵说，“当我们掌握全部秘密时，最好干掉！”

“我们有的是时间，盖尔·卡拉日……”

让上帝惩罚你们，恶棍们！我心中想着，同时控制着我的心脏的剧烈的跳动。

然而，上天若不前来帮忙的话，我又能有什么希望呢？

这时，他们的话题变了，盖尔·卡拉日说：

“现在，我们已经了解了炸药的成分，赛尔科，但我们还要不惜一切代价让托玛斯·罗克交给我们起爆剂的秘密。”

“这是必不可少的，”赛尔科工程师回嘴说，“我专门做了让他决定交出这一秘密的工作，不幸得很，托玛斯·罗克拒绝谈论这一点。而且，他已经制出了几滴这种起爆剂，他打算用于爆炸试验中，当我们在岩壁上进行开凿工作时，他会把这东西提供给我们。”

“但是，对我们的海上之行……”盖尔·卡拉日问道。

“耐心些，我们终会拥有他的‘闪光弹’的全部闪光。”

“你确信，赛尔科？”

“是的，只要再往里添钱，盖尔·卡拉日。”

说完这句话，他们二人的谈话结束了，然后就走远了，幸亏他们没有发现我，工程师赛尔科虽为一位同行说了几句好话，可我觉得阿尔蒂加斯伯爵对我居心叵测。只要引起些许的怀疑，他们就会把我投入泻湖淹死，我如果想越过隧道，那我就只能变成一具尸首被退潮的海水带走。

八月二十一日。第二天，工程师赛尔科前来确认在哪个地方开凿岩洞，以便让人不会在外面怀疑洞口的位置在那里。仔细地研究之后，他决定在岩壁的北面开凿通道，在距比海福前几个小屋十米的地方。

我盼着这个通道早点儿被凿成，谁知道它会不会对我的逃跑有所帮助呢？啊！如果我会游泳，我有可能早就试着从隧道逃走了。既然我知道隧道口的确切位置。的确，当泻湖发生鲸鲨之间生死搏斗的那一幕时，鲸鱼尾巴的最后一击使湖水下降了许多，隧道口的一部分曾经露出来一小会儿，我看见了，那么……它不会在大潮时露出来吗？在满月和新月期，海水水位达到最低点，低于平均水位，也许有可能，我会弄清楚的。

这次观察对我有什么用处，我不知道，但是，我不能忽视任何事情。

八月二十九日。今天早晨，我参加了大功率拖船启航的送行行列。它的这次航行大概是前往美国的某个港口去提想必已经制成的导弹。

阿尔蒂加斯伯爵和工程师赛尔科谈了一会儿，看来，赛尔科工程师不会陪他一起走。我似乎觉得阿尔蒂加斯伯爵就我的问题向他交代了几句，然后，他踏上潜水艇的平台，进入舱内，身后跟着斯巴德船长和“埃巴”号的全体船员。顶盖一盖上，大功率拖船便潜入水中，水面上涌起一阵水泻。

几个小时过去了，白天结束了，既然大功率拖船没有返回，所有我推测它在此次航行过程中去执行拖双桅纵帆船的任务去了，它也许会击毁在附近海域碰上的船只。

但是，双桅纵帆船离开的时间有可能十分短，因为它的往返所需用的时间八九天足够了。

此外，就岩洞内部的平稳气层来看，天气对“埃巴”号的航行有利。何况，根据百慕大群岛的纬度，目前正值好季节啊！我若能在岩壁上找到一处可以逃出这座牢笼的出口就好了！

十三、让上帝引导你

八月二十九日至九月十日。十三天过去了，“埃巴”号还没有回来。难道它没有直接驶往美国的海岸吗？难道它滞留在“倒置的杯子”岛远海处干着海盗的勾当？然而，我觉得盖尔·卡拉日只关心运回他的导弹。也许，弗吉尼亚的那家工厂的确没有完成导弹的制造工作？

此外，在我看来工程师赛尔科并不着急，他像诸位所了解到的那样，一直对我友好相待，神态友好，但我根本不能相信他。他装作关心我的健康的样子，劝我要听天由命，他称我为阿里巴巴，向我保证地球的表面上再也没有比这座《一千零一夜》中的岩洞里更加诱人的地方了，我在洞中的吃、取暖、住、穿都是免费的而且不用交税，即使在摩纳哥这样一个幸福的公园里，居民们也享受不到如此无忧无虑的生活。

有时候，在他那讥讽的废话前，我感到脸红了。我真想扑上去，掐住这个毫无怜悯之心爱开玩笑的家伙的脖子，把他掐死。然后，他们把我杀了，有什么了不起的？这个样子死去难道不比在“倒置的杯子”岛这个该死的地方年复一年地活着更好吗？

但是，理智终于占了上风，最后，我只是耸了耸肩而已。

至于托玛斯·罗克，“埃巴”号出发后的头几天我几乎没有看到他。

他把自己关在实验室里，不停地忙着配制炸药。假设他使用了手头上所有的原料，那么他就有了足以使“倒置的杯子”小岛和百慕大群岛全都被炸毁的能力了。

我一直希望他永远也不会同意把燃爆剂的配方交出去，希望工程师赛尔科的努力白费，无法从他那里买到这最后的秘密，难道我的希望不会落空吗?

九月十三日。今天，我亲眼看到了炸药的威力。同时，也看到了如何使用燃爆剂的方法。

上午，海盗们开始在岩壁上预先选好的位置上开凿一条与小岛外面的底部相通的通道。

在工程师的领导下，干活的海盗们先从岩壁的下方干起，这地方的石灰岩坚硬无比，堪与花岗石相媲美。强健有力的胳膊，挥起镐头先刨了几下。如果只使用这样的工具，干这样的活恐怕耗时长、费力气，因为在“倒置的杯子”岛底部的这一部分，岩壁的厚度不少于二十至二十五米。但是，使用上“罗克闪光弹”，便可以在较短的时间内完成。

我所看到的景象令我目瞪口呆，人需要竭尽全力用镐开凿的岩壁竟然这么轻易地就被刨松了。

是的！几克炸药足以炸碎岩块，使它化为碎屑，成为几乎触摸不到的灰尘，轻轻地一吹就像蒸汽一样四散的灰尘！是的！我完整看了一遍——五六克的炸药爆炸后就可以炸出一立方米大小的坑。爆炸的声音就像气层剧烈的震动下炮弹的爆炸声。

第一次使用这种炸药，虽然剂量很小，但却将待在离岩壁很近的几名海盗震翻在地。其中有两个人受了重伤，工程师赛尔科本人也被震得后退了几步，受了严重的挫伤。

这种物质的摧毁力超过了迄今为止所发明的所有炸药，下面就是如何使用它的方法：

先在岩石的斜上方开凿一个长五厘米宽十厘米的一个小洞，将几克炸药放进小洞里，甚至不需用填密材料将小洞堵住。

接着，由托玛斯·罗克来进行操作，他手中拿着一个玻璃试管，里面盛着一种浅蓝色的油质液体，该种液体一接触空气马上就会凝固。他倒了一滴这种液体在小洞口口处，然后便不慌不忙地退后。实际上，燃爆剂和炸药组合在一起发生反应需要一定的时间——大约三十五秒。当它们组合到一起的时候，其摧枯拉朽之力巨大——我要坚持这一点——可以说是无可限量的。比目前所有的几百种炸药的威力大出好几千倍。

在这种情况下，可以想象，开凿这堵坚厚的岩壁用上一个星期的时间便可完成。

九月十九日。一段时间以来，我一直在观察大海涨潮和退潮的现象，这种现象在海水穿过海底隧道时表现得十分明显，产生出一种逆流，一昼夜之间发生两次。毫无疑问,要是把一件能漂浮起来的东西扔进泻湖里，只要隧道口位于它的上方，它就会被退潮的海水带到外面去。但是，在春分、秋分时节海潮处于最低点的时候这种情况也会发生吗？我会弄清楚的,因为,现在恰逢秋分时节。后天是九月二十一日。今天是九月十九日，我已经看到了隧道口弧线的顶端露出在退潮的海水之上。

那么，我虽不能亲自尝试穿过隧道，但是一只扔到泻湖中的小瓶子难道不能借助于黄昏时节退潮的海水穿过隧道飘到岛外去吗？为什么一次偶然的机会——完全是天赐的机缘——不会使这个瓶子被航行于“倒置的杯子”岛远海的一艘船只拾到呢？甚至为什么洋流不能把它冲到百慕大群岛的海滩上呢？如果在这个瓶子里放进一张纸条。

这就是我头脑中反复思考的问题。然后，头脑中又出现了与此相反的想法，尤其是：一个瓶子或是在穿过隧道的时候被撞碎，或是在漂到远海之前撞在礁石上被撞碎的危险。是的，如果用一个密封性能很好的小木桶代替瓶子，比如说支撑渔网的那类小木桶，那样的话这只木桶就不会像容易碎的瓶子那样被撞碎，有可能漂到远海。

九月二十日，今天晚上，我趁着没人注意溜进一间里面堆满了许多打劫过往船只得来的各种物品的仓库中，我拿了一个适合我要求的小木桶。

将这个小木桶藏在我的衣服里之后，我返回了比海福，回到了我的屋中。然后，我一分钟都没耽搁，马上开始写起来。

纸、墨水、鹅毛笔，我什么都不缺，因为三个月以来我每天都能将这里发生的一切记录下来。

我在一张纸上写下如下的文字：

居住在美国北卡罗来纳州新贝尔纳市海尔斯福尔疗养院十七号楼的托马斯·罗克及看护盖东，或者不如说是工程师西蒙·哈特于六月十五日遭人绑架，六月十九日以来，他们一直待在阿尔蒂加斯伯爵的“埃巴”号双桅纵帆船上。我们两个人目前被关在一座山洞里，它是上述被称作是阿尔蒂加斯伯爵的秘密居所，阿尔蒂加斯伯爵的真名实姓是盖尔·卡拉日，是名昔日横行于西太平洋的海盗，这个令人恐惧的坏蛋领导着一个由一百人组成的匪帮。当盖尔·卡拉日掌握了威力巨大的“罗克闪光弹”的时候，他就可以继续从事抢掠的海盗行动，而且可以更加安全地逃避法律的惩罚。

因此，有关国家应在最短的时间内摧毁他的匪窟，此事刻不容缓。

海盗盖尔·卡拉日藏身的山洞位于“倒置的杯子”岛内，世人错误地认为该岛是一座即将喷发的火山，它位于百慕大群岛的西端，东面礁石环绕，形成了该岛的天然屏障，南面、西面、北面均畅通无阻。

说到沟通该岛内外的通道，只能从一条位于平均水位之下几米深，在西边狭窄航道的尽头处的隧道通过。因此,要进入“倒置的杯子”岛内，必须有一艘潜水艇才行——至少要赶在海盗们在西北方向开凿的通道竣工之前。

海盗盖尔·卡拉日拥有一艘这样的潜艇——它正是阿尔蒂加斯伯爵让人制造的并且被认为在试航中失事沉入查尔顿海湾中的那艘潜水艇。这艘大功率拖船不仅用于进出隧道，而且还用于拖曳作为袭击来往于百慕大群岛附近海域的商船的双桅纵帆船的拖船。

这艘闻名于美洲西海岸的“埃巴”号双桅纵帆船只有一个小海湾作为它的船籍港，它隐蔽在小岛西部的石丛后面，从远海看不到它。

在“倒置的杯子”岛上进行登陆之前，需要做的事情是用装有麦宁卡特炸药的威力强大的炮弹把岩壁炸开一个缺口，登陆后，部队可通过这个缺口进入“倒置的杯子”岛。登陆的地点最好选择在岛的西部，因为那里曾是百慕大群岛的渔民居住之地。

也应该有“罗克闪光弹”可以实际应用这样一种思想准备，盖尔·卡拉日在受到突然袭击后也许会用它来保卫“倒置的杯子”岛。人们应清楚地了解这一点，虽然它的杀伤力超出了迄今为止所能想象的程度，但它只能覆盖一千七百至一千八百米这样一个范围。至于这个危险区域的范围，是可变的；但是，发射角一经确定，再想改变则需要很长的时间，而船只就可利用这一间隙穿过该危险区域安然无恙地接近小岛。

此信件写于今日，即九月二十日，晚上八点钟，而且署了我的姓名：工程师西蒙·哈特

这就是我刚刚草拟的对于匪帮和匪窟概况描述的措辞。有关小岛的情况，它在现代地图上所处的确切位置，关于盖尔·卡拉日有可能竭尽全力组织的“倒置的杯子”岛上的防御，以及立即行动的重要性等事宜，该说明的我都详尽地说明了。我还在纸条上附了一张山洞的详图，标明了它的内部轮廓，泻湖的位置，比海福的布局，盖尔·卡拉日的住处，我的屋子以及托玛斯·罗克的实验室的位置。但是，这份概述必须得被人得到，它会被人拾到吗？

最后，我把这张纸用一块非常结实的帆布包起来。然后把它放入外面箍着铁圈的木桶里，这个小木桶长约十厘米，宽约八厘米。它的密封性非常好，不论是穿越隧道，还是撞在外面的礁石上，我被保证，它能抵得住碰撞，保持住良好的状态。

的确，当它落入可靠的人的手中之前，它不会有被退潮的海水冲到小岛的岩石上，被驶入小湾深处的“埃巴”号双桅纵帆船的船员发现的危险吧？如果这张署着我的姓名的字条落入盖尔·卡拉日的手中，我的意图就会泄露出去，那我也就无须再绞尽脑汁去想逃出“倒置的杯子”岛的办法了，用不了多长的时间，我的命运就可想而知了。

夜降临了，人们猜不到我是怀着何等急不可耐的心情等着它的降临啊！根据建立在我先前观察的基础上的推测，退潮后大海在八点四十五分的时候处于平潮时刻。这时，隧道口的上端大约高出水面五十厘米，水面和隧道的穹顶之间的高度对于小木桶的通过可谓绰绰有余。

何况，我打算在平潮发生前半个小时把小木桶放进湖中，以便从里往外流的退潮的海水能把它带走。

将近八点钟，在昏暗的灯光下，我走出屋子，湖边一个人也没有。我朝隧道所在的岩壁方向走去。借着在这边的最后一盏电灯的光亮，我看见了隧道的弧状圆口出现的水面上，海水正朝这个方向流动。

我来到了泻湖边的岩石上，把装有满怀着我全部希望的珍贵字条的小木桶扔进湖中：

“让上帝引导你！”我重复着说，“让上帝引导你！”正如我们法国水手经常说的那样。

小木桶先是一动不动，然后在漩涡的冲击下向岸边漂过来。我得用力地推它，以便把它推入退潮的海水中。

它随着退潮的海水漂走了，一会儿的工夫便消失在隧道之中了。

是的！让上帝引导你！愿老天爷引导你，我的小木桶！愿老天爷保佑所有受到盖尔·卡拉日威胁的人，让这伙海盗逃脱不掉人类正义的惩罚！

十四、“斯沃德”号与大功率拖船的战斗

这天晚上，我一夜没合眼，我的思绪一直追随着这个小木桶。有多少次，我仿佛看到它撞在礁石上，停在海湾中，卡在某个洞穴里，全身冒出阵阵冷汗，最后，小木桶终于通过了隧道，越过航道，退潮的海水把它带到大海中去了。伟大的上帝！如果浪涛把它带回到隧道的入口，再把它带回到隧道的出口，再把它带进“倒置的杯子”岛的内部。如果有一天我见到它。

晨曦初现时，我便起了床，我朝沙滩走去。

在那里，我看着没有任何物体飘浮在平静的湖面上。

接下来的几天，海盗们继续用诸位已经了解到的方法开凿通道。九月二十三日下午四点，工程师赛尔科让人炸掉了最后一块岩石，洞内和洞外的联系被打通了——虽然这是一个狭窄的坑道，人得弯下腰去才能通过，但这已足够了。在外面，这个通道的洞口隐蔽在海滨的乱石中，如有必要，把洞口堵起来也很容易。

不用说，从这天起，这条通道将有人严密把守，除非得到允许，否则没有人能够通过它或是进出山洞。因此，我无法从它那儿逃出去。

九月二十五日。今天上午，大功率拖船从泻湖深处浮出了水面，阿

尔蒂加斯伯爵、斯巴德船长和双桅纵帆船全体船员登上了码头。他们开始将“埃巴”号运回的货物卸下来，我看到了一定数量的小袋子，里面装的是“倒置的杯子”岛所需的补给品，装着肉和罐头的箱子，装着葡萄酒和烧酒的木桶，此外，还有若干个带给托玛斯·罗克的包裹。同时，海盗们把呈圆盘状的各种导弹零件也卸下船来。

托玛斯·罗克也参与了卸船工作，他的眼睛里闪着异乎寻常的亮光，他拿起了一个零件，审视着它，满意地点着头。我发现他根本没有用支离破碎的语言去表达他的喜悦，在他的身上再也看不到任何以前在海尔斯福尔疗养院里为精神病患者的痕迹。我甚至心中暗想他这种医生认为是不可治愈的部分神经错乱是否全好了？

最后，托玛斯·罗克登上了专供在泻湖上行驶的小船，工程师赛尔科陪着他，一起到了他的实验室。众海盗用了一个小时的时间把大功率拖船上所有的货物都运到了对岸。

至于盖尔·卡拉日，他只和工程师讲了几句话。后来，两个人在下午又碰了面，他们在比海福的前面散着步，交谈了很长的时间。

说完话后，他们朝“走廊”走去，钻了进去，船长斯巴德跟在他们的后面，我要是能够在他们之后进入这个通道就好了！我要是能够呼吸一下大西洋的清新空气，哪怕是片刻就好了！因为“倒置的杯子”岛内的空气有些混浊！

九月二十六日至十月十日。两个星期刚刚过去。在工程师赛尔科和托玛斯·罗克的指挥下，海盗们已进行了导弹的校正工作。然后，忙着安装发射架。这是一些装有拨弹机的三角架，其倾斜角度可随意变换，把它们安装在“埃巴”号上或者甚至安装在潜水艇的平台上——不过，此时潜水艇必须与水平面相齐——都很容易。

因此，盖尔·卡拉日只要有他的双桅纵帆船就将成为海上霸主！任何一艘战舰都通不过危险区域，而“埃巴”号则会停泊在导弹的射程之外！啊！但愿我的小木桶会被人发现，但愿人们知道在“倒置的杯子”岛上的这个匪窟！人们最好可以，即使不是摧毁它，至少切断它的供给。

十月二十日。今天早晨，让我极度惊讶的是，我没有发现大功率拖船在它平常的泊位上。我记得昨天晚上他们更换了电池；但是我想这是为了让它保持良好的状态。既然新的通道已经可以通行了，它之所以出发了，也就是说它要在附近海域航行。因为托玛斯·罗克需要的零件和材料在“倒置的杯子”岛上应有尽有。

但是，现在是秋分时节。百慕大群岛的海面上经常受到风暴的侵袭。狂风怒吼，气势汹汹。强劲的气流从“倒置的杯子”岛的“火山口”灌进来，宽敞的岩洞内充斥着旋转的雾气，而且还夹杂着雨滴，泻湖湖面上也是浪涛滚滚，浪花横扫着岸边的岩石。

但是，双桅纵帆船是不是真的离开了“倒置的杯子”岛的海湾？就其吨位而言——甚至借助于大功率拖船的力量——对抗此等的狂风恶浪岂不嫌太小了吗？

另一方面，就海盗们的这艘大功率拖船而言，尽管它无须害怕海上的滔天大浪，因为它在海面下几米深的平静的水中航行，然而，他们怎么会同意让它单独航行而没和双桅纵帆船一起航行呢？

我不知道是什么原因让潜水艇离开了小岛——动身离开的时间将会很长，因为它当天并未返回。

这一回，工程师赛尔科仍然留在“倒置的杯子”岛上。只有盖尔·卡拉日、船长斯巴德和大功率拖船以及“埃巴”号的全体船员离开了小岛。

在这个被囚禁者的殖民地中，生活一直在平淡而单调中持续着。我全部的时间都是在我的“蜂房”中沉思着、期望着、失望着，牵挂着那个被我抛进变幻无常的洋流之中的小木桶，可我的希望却日趋渺茫。我继续做着记录，也许我死后它们会流传人世。

托玛斯·罗克一直在实验室里忙着——我想他正在配制他的燃爆剂。我的心中一直沉浸着这样一种看法：不论别人给他出什么样的价格，他都不愿意把这种东西的化学成分配方卖出去。但是，我也知道他会毫不犹豫地用他的发明为盖尔·卡拉日服务。

当我散步走到比海福附近的时候，常常会碰到工程师赛尔科，这个人每次都表现出很想和我聊天的样子，当然，他说话时的语气稍稍有些不恭。

我们谈起一些事情——但是很少提及我的处境，对此，我不再进行指责，因为毫无用处，只会给我招来新的嘲笑。

十月二十二日，今天，我认为应该问一下工程师赛尔科双桅纵帆船是不是与大功率拖船一起出海了。

“是的，西蒙·哈特先生，”他说，“尽管远海的天气非常可怕，简直糟糕透了，但是您无须为我们亲爱的‘埃巴’号担心！”

“它会离开很长一段时间？”

“我们会在四十八个小时之后见到它，这是阿尔蒂加斯伯爵决定在冬季风暴彻底封锁住这一带海域之前所进行的最后一次航行。”

“是娱乐性航行，还是事务性航行？”我问。

赛尔科工程师笑着对我说：

“事务性旅行，哈特先生，是事务性旅行！目前，我们的导弹已经组装完毕，天气好转的时候，我们就要进行攻击。”

“攻击一些不幸的船只。”

“既不幸，又满载着货物！”

“名副其实的海盗行径，我真希望你们不会永远确信你们不受法律的制裁！”我大声叫着。

“安静点儿，我亲爱的同行！别发火！您深知永远也没有人能发现我们在‘倒置的杯子’岛上的居住地,永远也不会有人发现我们这里的秘密！此外，有了这些使用简单、威力无穷的导弹，我们很容易消灭在小岛周围一定的区域内往来的船只。”

“但是得有个条件，”我说，“那就是托玛斯·罗克把他的燃爆剂的秘方卖给你们，就像他把‘闪光弹’卖给你们一样。”

“这事已经办妥了，哈特先生，我必须打消您对此事的忧虑。”

从赛尔科以斩钉截铁的口吻回答我的问题来看，我不得不做出“不幸已经发生”这样一种结论，因为，他回答我时，语气中若有一丝犹豫，那他的话也就不足为信了，可事实并非如此。

十月二十五日，我刚刚参与了一次可怕的冒险经历，而且居然死里逃生！今天，我能重新写中断两天的日记真是奇迹！如果运气再好一点，我大概已获救了！我现在也许已经待在百慕大群岛的某个港口中，圣·乔治港或是汉密尔顿港。“倒置的杯子”岛的秘密将被揭开，受到各国注意的双桅纵帆船无法在任何港口露面，而“倒置的杯子”岛上的供给将被切断，盖尔·卡拉日这帮海盗将会饿死！

事情的经过是这样的：

十月二十三日晚，快到八点钟的时候，我怀着无以言表的焦虑走出了房子，好像已经预感到近期会发生某种严重的事件。我很想在睡眠当中求得片刻安宁，但枉然而不可求。由于夜里难眠，我便走出屋子。

“倒置的杯子”岛外面的天气想必很糟糕。狂风从“火山口”中吹了进来，在湖面上掀起大浪。

我朝比海福的湖岸方向走去。

此时，周围根本没有人。温度较低，空气潮湿，“蜂房”中所有的“大胡蜂”都已蜷缩在各自蜂房的角落中睡着了。

一名海盗看守着通道的洞口，为了以防万一，这个通道在海岸边上的出口虽然被堵死了，可从他所在的位置来看，这名海盗无法看到湖边的情况。此外，我只看到泻湖的左、右岸点着两盏灯，因此石林中漆黑一片。

我就这样，在黑暗中走着，这时，有一个人从身边经过。

我认出来了，此人是托马斯·罗克。

托马斯·罗克慢慢地走着，像往常一样沉思着，他的头脑中依然不停地想象着、思考着。

此时，这难道不是与他交谈，告诉他他所不知的真相的有利机会吗？他不知道。他想必不知他落入何人手中……他不可能料到阿尔蒂加斯伯爵就是海盗盖尔·卡拉日……他想不到他把他的一部分发明透露给何等样人。应告诉他他永远也享用不上付给他的好几百万。像我一样，他无法自由地离开“倒置的杯子”岛这座监狱。是的！我要唤起他的人性！告诉他他若不保住自己的最后秘密，他将承担由他而起的灾难的责任。

我正在思绪万千的时候，突然有人从背后紧紧地抓住了我。

两个人抓住了我的双臂，第三个人站在了我的面前。

我想喊。

“别出声！”此人用英语对我说，“您是西蒙·哈特吧？”

“你们怎么会知道？”

“我看见您从屋子里走出来。”

“你们是谁？”

“大不列颠海军上尉达文，‘斯丹达尔’号的军官，驻扎在百慕大群岛。”

我激动地说不出话来。

“我们前来把您从盖尔·卡拉日的魔掌中夺回来，而且把法国发明家托玛斯·罗克也带走。”

“托玛斯·罗克？”我结结巴巴地说。

“是的，有人在圣·乔治的沙滩上拾到了有您签名的字条。”

“装在一个小木桶里，达文上尉，那个小木桶是我把它扔进泻湖里的。”

“桶内装着的字条，”军官答道，“它告诉我们盖尔·卡拉日这个冒牌的阿尔蒂加斯伯爵是海尔斯福尔疗养院劫走您和托玛斯·罗克绑架案的主谋。”

“啊，达文上尉……”

“现在，不能再浪费时间了，必须趁着天黑。”

“只再说一句话，达文上尉你们怎么进入‘倒置的杯子’岛内？”

“借助于‘斯沃德’号潜水艇，六个月以来，它一直在圣·乔治港进行试航。”

“一艘潜水艇？”

“是的，在这片礁石脚下等我们。”

“那儿！那儿！”我重复说。

“哈特先生，盖尔·卡拉日的大功率拖船在哪儿？”

“已经走了三个星期了。”

“盖尔·卡拉日不在‘倒置的杯子’岛？”

“不在，但它随时都会回来。”

“不要紧！”达文上尉说，“我们此行的目的不是针对盖尔·卡拉日，我们的任务是带走托玛斯·罗克，还有您，哈特先生。如果不把你们二人带上潜水艇，‘斯沃德’号是不会离开泻湖的！如果它没有返回圣·乔治港，这就意味着我失败了，我会重新开始。”

“‘斯沃德’号停在哪里，上尉？”

“在那边——沙滩的暗处，停在那儿别人看不见。按照您字条上的标示，我和我的船员们找到了海下隧道的入口，‘斯沃德’号顺利地通过了它，十分钟前，它浮出了水面，我的两名部下陪着我来到岸边，我们看见您从您画的地图上标出的屋子里走出来，您知道托玛斯·罗克在哪儿吗？”

“就在几步之外，他刚从这里经过，朝实验室走去。”

“上帝保佑，哈特先生！”

“上帝保佑，达文上尉！”

上尉，两名水兵和我走上了环绕泻湖的小路。我看到了离我有十几步远的托玛斯·罗克，扑上去，在他发出喊叫声之前捂住了他的嘴，没等他挣扎便捆住了他，把他抬到‘斯沃德’号停泊的地方，这一切仅仅用了不到一分钟的时间便完成了。

“斯沃德”号是一艘排水量仅有十来吨的潜艇。它是由两台蓄电池提供的动力，十二小时之前在圣·乔治港充过电，用发电机启动螺旋桨。但是，不管怎样，“斯巴德”号潜艇足以将我们带出我们的监狱，使我们重获自由——我对于这种自由已没了指望！——我对于这种自由已没了指望！英国潜艇终于把托玛斯·罗克从盖尔·卡拉日和塞尔科的魔掌中解救出来，这两个混蛋无法利用他的发明了，没有什么能阻止军舰接近小岛，实施登陆，强行打开通道，消灭众海盗。

当两名水兵抬着托玛斯·罗克往潜艇停泊处走着时，我们没有碰到任何人，我们全都下到了“斯沃德”号潜艇的舱内，舱顶盖关上了，储水舱冲进了水，“斯沃德”号下潜。我们获救了！“斯巴德”号分为三个密封舱。第一个舱室装有蓄电池和机器，从主横梁一直延伸到艇尾。第二个舱室是驾驶舱，位于潜望镜的中部，上面装有透镜式潜望镜，灯光从潜望镜处射出，使潜水艇得以在水下航行。第三个舱室位于船首，我和托玛斯·罗克就曾经被人关在这里，不过那是在海盗们的潜水艇中。

不用说，堵着我的同伴嘴上的布条虽被取下，但他仍被捆着，我怀疑他已意识到发生什么事情了。

我们立即出发了，如果一切顺利的话，希望今晚能到达圣·乔治港。

我推开密封舱的门，走进达文上尉所在的第二舱室。此时，他正站在舵手的旁边。

“达文上尉，”我说，“我认为让托玛斯·罗克一个人待着并无大碍，我是不是来帮你们找到隧道口。”

“是的，请待在我的身旁吧，哈特先生。”

确切地说，这时，时间是八点三十七分。透过潜望镜射出的灯光以微弱的光线照着“斯沃德”号潜艇所在的水层。从其停泊的湖岸出发，必须穿过整个泻湖。找到隧道口并非不可能，但的确有困难。我们得沿着陡峭的湖边行驶，潜行的过程中找到隧道口并不是没有可能，甚至在相对短的时间内找到它。然后，潜水艇低速穿过隧道以避免撞上岩壁，随后“斯沃德”号浮出水面，朝圣·乔治港方向驶去。

“我们的下潜深度是多少？”我问上尉。

“4.5 米。”

“不要再往深处下潜了。”我说，“根据我在秋分那天所观察到的情况，我们现在应该位于隧道的中轴线上。”

“好极了！”上尉说。

“是的，好极了，我觉得上天通过军官的口说出了这句话，事实上，他恐怕无法选出一个更好地执行他的意志的人了！”

我借助信号灯的灯光打量着上尉。这是一个三十岁的男人，冷静、面容坚定——一位天生坚定不移的英国军官——他依然保持着他从前在“斯丹达尔”号军舰上的冷静、以罕见的镇定，我甚至要说是机器般的精确指挥着潜艇。

“在穿过隧道的时候，”他对我说，“我估计它的长度有四十来米长。”

“是的，从这头儿到那一头儿，达文上尉，四十来米长。”

实际上这个数字的确比较精确，因为开凿出来通向海边的通道大约只有三十米长。

上尉下达命令，机械师奉命启动螺旋桨。“斯沃德”号极其缓慢地向前行驶，以免撞上湖岸。

有时，它离湖岸太近了，一团黑影隐隐约约地显现在信号灯的光尽头。于是，舵手打了一下舵，调整了航向。然而，一艘潜艇航行于大海之中，驾驶起它来已非易事，何况是在这个泻湖的水下，在这种条件下进行驾驶更是难上加难！

行驶了五分钟后，“斯沃德”号的下潜深度一直维持在四至五米之间，它还没有达到隧道口处。

这时，我说：

“达文上尉，也许该让潜艇浮出水面，以便准确地辨认一下隧道口所在的岩壁的位置，这样去做岂不明智？”

“我也有这种想法，哈特先生，如果您能准确地指出。”

“我能指出。”

“太好了。”

出于谨慎，关上了信号灯，水中顿时一片漆黑。按照上尉下达的命令，机械师启动了水泵，切断电源的“斯沃德”号渐渐地浮出水面。

我待在自己的位置上，以便借助潜望镜测定出潜艇所在的位置。

最后，“斯沃德”号停止了上浮运动，浮出湖面至多一英尺高。

在这一边儿借助于泻湖湖岸的灯光，我认出了比海福的岩壁。

“您的意见？”达文上尉问我说。

“我们太靠北了，隧道口在岩洞的西面。”

“岸上没有人吧？”

“没有。”

“这太好了，哈特先生，我们就待在湖面上，然后，由您指引，‘斯沃德’号驶到隧道口，随后再下潜……”

这是最好的主意，驾驶员让潜水艇偏离湖岸——它离湖岸太近了——使它处于隧道的中轴线上。船舵稍稍地调整了一下，潜水艇便在螺旋桨的推动下，朝着正确的方向驶去。

当我们距隧道口只有十几米的时候，我命令潜艇停止前进。切断电流后，“斯沃德”号停了下来，打开贮水舱，充满了水，然后慢慢地下潜。

这时，潜望镜的信号灯重被打开，灯光射到黑乎乎的岩壁上面一种黑圈儿样的物体上，信号灯的灯光没有在它那里发生反射现象：

“那儿……那儿……隧道！”我喊道。

“这不就是我逃脱这座监狱的门吗？自由不正在远海处等待着我们吗？”

“斯沃德”号朝隧道口方向缓缓地驶去。

啊！多么可怕的恶运，我怎能经受这种打击呢？我的心如何不碎呢？

从隧道深处射来一束模模糊糊的灯光，在我们的前方不到二十米的地方。这束光向我们这个方向移动，只有可能是盖尔·卡拉日的潜艇上的潜望镜上的信号灯射出来的。

“大功率拖船！”我喊道，“上尉拖船返回‘倒置的杯子’岛了！”

“开倒车！”达文上尉命令道。

“斯沃德”号马上就要穿过隧道的时候退了回去。

我们能幸运地逃脱掉，因为上尉迅速地关闭了我们艇上的信号灯。不论是斯巴德船长，还是他的同伙们有可能没有发现“斯沃德”号潜艇，我们的潜水艇也许能够躲到一旁，给大功率拖船让路。也许它漆黑的身影与泻湖的底层混为一体，难以辨认。也许大功率拖船在经过时没有看见“斯沃德”号潜艇！当它回到它的泊位时，“斯沃德”号再重新启航，进入隧道。“斯沃德”号的螺旋桨逆时针旋转，我们向南边的湖岸退去。再过一会儿，“斯沃德”号只要停下来就行了。

不行，斯巴德船长已经发现一艘潜水艇正准备穿过隧道，他准备在泻湖的水下追逐它，我们的这艘不大坚固的小型潜艇如果遭到盖尔·卡拉日坚固的大型潜艇的攻击会变成什么样子？

达文上尉对我说：

“回到托玛斯·罗克的舱中去，哈特先生，关上舱门，而我要去关上艇尾舱室的门。如果我们的潜艇和他们的潜艇相碰撞，凭借着密封舱的保护，‘斯沃德’号也许能够浮在水中。”

我紧紧地握了一下上尉——在这般危险面前依然镇定自若——的手，我回到潜艇的前舱，和托玛斯·罗克待在一起，我关上舱门，在一团漆黑之中等待着。

这时，我感觉，或者不如说是感到“斯沃德”号正进行着一些操作：做出了诸如移动、回旋、下潜等动作，与大功率拖船周旋着。它时而突然变向避开大功率拖船的撞击；时而浮出水面或者下潜到泻湖的最深处。我们想象得出这两艘潜艇在这翻滚的湖水之中的搏斗，就像两头力量悬殊的海兽在搏斗吗？

过了几分钟，我思忖着海盗的潜艇对我们的潜艇的追逐是不是还没停止，如果“斯沃德”号无法最终冲出隧道……

两艘潜水艇撞在了一起。这次碰撞似乎不太严重，但是，我不能抱任何幻想——“斯沃德”号潜艇的左舷刚被大功率拖船撞上了，然而，它的钢制船壳可以经得住这一撞击？即使情况并非如此，也许湖水仅仅涌进了一个舱室？

几乎立即发生了第二次撞击，这一回，“斯沃德”号被极为猛烈地向后退去。它好像在转向的时候被大功率拖船的首冲角抬了起来。也可以这么说，它被大功率拖船的首冲角给拦腰锯断了，然后，我感觉它立了起来；接着，由于潜艇后部的舱室进水超过了负荷，直沉水底。

突然，托玛斯·罗克和我还没来得及扶住舱壁，我们彼此摔到了对方的身上。最后，在最后一次撞击中传出了金属船壳被撕裂的声音，“斯沃德”号船底受损严重，变得一动不动了。

从这一时刻起，究竟发生了什么事情？由于失去了知觉，我什么也不知道。

从那时起，我刚刚意识到很长的时间——时间非常长——过去了。我所能回忆起的一切就是我头脑中最后闪现出的念头：

“如果我死了，起码托玛斯·罗克和他的秘密和我一起葬身于水底，盘踞在‘倒置的杯子’小岛上的众海盗们罪责难逃。”

十五、等　待

我一恢复知觉便发现自己躺在我屋中的吊床上，我似乎在吊床上睡了三十个小时。

我不是独自一人，工程师赛尔科在我身旁。他让人对我进行了必要的护理，他本人也亲自照料了我——不像对待一个朋友，我想，而是像对待一个期望从他那里得到必不可少的解释的人，像对待一个在共同的利益的驱使下不惜杀死的人。

我仍然比较虚弱，无法行走，当“斯沃德”号潜艇在湖底呻吟的时候，我差一点就在狭窄的密封舱中憋死了。当赛尔科工程师心急火燎地想向我问起这次遭遇的有关情况时，我能够回答他的问题吗？是的，但我要有极大的保留。

首先，我心里暗暗想到：达文上尉和“斯沃德”号的船员在哪里？这些勇敢的英国人是否在碰撞发生后牺牲了？他们是否和我们二人一样安然无恙，获救了？因为我猜想托玛斯·罗克在大功率拖船和“斯沃德”号的两次撞击之后，像我一样活了下来。

赛尔科工程师的第一个问题是这样的：

“请向我解释一下发生的事情，哈特先生，可以吗？”

我没有回答，心中只想着问他一个问题。

“托玛斯·罗克呢？”我问道。

“很健康，哈特先生，发生什么事情了？”他以一种专横的口吻询问了一遍。

“首先，告诉我，”我说，“其他人，他们怎么样了？”

“什么其他人？”赛尔科工程师反问道，他开始用眼睛恶狠狠地盯着我。

“那些扑向我和托玛斯·罗克，把我们的嘴堵住，带走，关起来的人，我们被关在哪里，我甚至都不知道。”

反复思考过之后，我觉得最后是坚持在昨天晚上当我遭遇到突然地袭击，在受袭击的过程中我竟然来不及定下神来，认清袭击我的人。

“那些人，”工程师赛尔科说，“您会知道他们的下场如何，但是，在此之前，请告诉我事情是怎样发生的……”

他以威胁的口气第三次提出了这个问题，我明白自己受到了什么样的怀疑，然而，如果想指控我向外界通风报信，除非装着我写的字条的小木桶落在盖尔·卡拉日的手中。可这不可能，因为小木桶已到了百慕大群岛有关当局的手中，对我进行这般指控毫无根据。

所以，我只限于讲述头天晚上，八点钟左右，我在湖边散步，看到托玛斯·罗克向实验室走去，这时，三个人从背后抓住我，我的嘴被人堵住，眼睛被蒙住，然后被人拖走，走下一种小黑洞似的屋中和我在一起的还有另外一个人，从他的呻吟中我听出这是我先前的病号的声音，我以为我们在一个飘浮的机器上，我自然而然地想到我们应是在返回的大功率拖船上？然后，我感到这船下潜。这时候，一次撞击让我倒在黑洞的角落里，空气很快变得稀薄起来，最终，我失去了知觉，我只知道这么多。

工程师赛尔科非常仔细地听着我讲，目光严厉，眉头紧锁，但是，没有任何疑点使他认为我没说实话。

“您说有三个人向您扑去？”他问道。

“是的，我以为是你们的人，我没有看见他们走近我，他们是谁？”

“也许您能从他们所讲的语言辨出这些陌生人？”

“他们没有讲话。”

“您猜不出他们是哪国人吗？”

“根本猜不出。”

“您不知道他们潜入岩洞内的目的吗？”

“不知道。”

“您对此有何看法？”

“我的看法，赛尔科先生？我再向您说一遍，我以为你们之中的两三名海盗奉阿尔蒂加斯伯爵之命要把我扔到泻湖中去，他们也将以同样的手段对付托玛斯·罗克。正如您对我说过的，你们已经掌握了他的全部秘密，你们只需摆脱掉他以及我就行了。”

“的确，哈特先生，您的头脑中会产生这种想法。”工程师赛尔科答道，语气中再无平常惯有的讥讽的意味。

“是的，但是，这种想法没有持续多久，我承认，当有人把蒙着我眼睛的布取下来后，我可以看到他们已把我带到大功率拖船的一个密封舱中。”

“那不是大功率拖船，它也是和它一样的潜艇，由隧道进入。”

“一艘潜水艇？”我惊叫起来。

“是的，是一些负责将您和托玛斯·罗克一起劫走的人驾驶的一艘潜艇。”

“把我们二人劫走？”我说，继续装出一副惊讶的样子。

“而且，”工程师赛尔科又说，“我要问一下您对此事的看法。”

“我的看法？我看只有一种合理的解释。你们的藏身之处被泄露出去——我不知道它怎么会被泄露出去，我也不知道您和您的人怎么能这么不小心——我以为这是由于该潜艇正在附近的海域进行试航，它偶然发现了隧道口，穿过隧道后，它浮在泻湖的水面上。艇上的船员们惊奇地发现里面有一个岩洞，而且还住着一定数量的居民，他们便抓住了最先遇到的人，我和托玛斯·罗克。也许还有别的人，因为我毕竟不清楚。”

工程师赛尔科又变得严肃起来。难道他觉得我给他提出的假设根本不成立？难道他认为我了解到的情况比我知道的要多？不管怎样，他似乎接受了我的回答，他接着说：

“的确，哈特先生，事情想必就是这样发生的，当那艘来历不明的潜艇想进入隧道的时候，大功率拖船恰好要从隧道中出来，发生了两个潜水艇的撞击，那艘潜艇成了这次撞击的牺牲品。但是，我们不是见到同类遇难而见死不救的人。何况，我们立即发现您和托玛斯·罗克一起失踪了，我们开始寻找，我们的人中间有些优秀的潜水员，他们潜入泻湖湖水之中，他们在‘斯沃德’号船底下拴住了缆绳。”

“‘斯沃德’号？”

“当它被拉至水面时，我们在它的船头上看到了它的名字，当我们发现你们时，我们是多么高兴啊——的确，你们当时昏迷不醒——但仍有呼吸，看到你们能苏醒过来我们真高兴！不幸的是，对于‘斯沃德’号的长官及其全体船员，我们的抢救无效，两艇的碰撞让他们所在的中间和后面的密封舱都破裂了，他们为这次不幸的事件付出了自己的生命。正如您所讲的，这一切纯属偶然，他们由于偶然的机会闯进了我们神秘的驻地。”

得知达文上尉和他的同伴们死亡的消息，我的心中悲痛难忍。但是，为了忠实于我所装扮的角色，我只得装作不认识他们，我硬控制住自己的情绪。的确，重要的是不能让他们猜测到我和达文上尉之间有什么关系。总之，谁知道工程师赛尔科是不是将“斯沃德”号的到来归结于“纯属偶然”，他是不是有理由承认，至少是暂时地，这些解释都是我编造出来的呢？

归根结底，这次能使我重获自由的意外的机会失去了。我还会有再获自由的机会吗？无论如何，有关当局已经知道了盖尔·卡拉日的情况，因为我写的字条已经落到百慕大群岛英国当局的手中。由于“斯沃德”号不会再在百慕大群岛出现，毫无疑问，英国军事当局会进行新的进攻“倒置的杯子”岛的尝试，如果没有这次不幸的巧合——当“斯沃德”号正要驶出隧道时恰逢大功率拖船返回——我此时已不再是岛上的囚徒了！

我又恢复了往常的生活，由于没有引起任何的怀疑，我仍然可以在岩洞内自由行走。

最近发生的这起事件的确没有对托玛斯·罗克产生任何不良的影响。精心的照料救了他，就像救了我一样。他以全部的智慧投入了工作，整日待在实验室内。

说到“埃巴”号，它在最近的这次航行中带回了一些小包、箱子，来自各个地方的大量物品，我得出的结论是在他们最近从事的海盗行径中，又有几艘船遭到了抢掠。

然而，其他准备工作和安装发射器的工作一起继续进行着。导弹的数量已达五十来枚。如果盖尔·卡拉日和工程师赛尔科认为有必要保卫“倒置的杯子”小岛的话，只需发射三四枚导弹就可以保证任何船只都无法接近小岛，因为鉴于导弹的覆盖面，没有一艘船能安然无恙地通过。我思考着这一问题，在进行了如下的推理后，我认为他们有可能让“倒置的杯子”岛处于防御状态：

如果说“斯沃德”号在泻湖上出现纯属偶然，我们的处境没有任何改变；那么，就不会有一个大国，甚至是英国，会想到到小岛的底部去寻找“斯沃德”号。相反，如果是由于某种令人无法理解的泄密，世人得知“倒置的杯子”岛成了盖尔·卡拉日的隐蔽地，如果“斯沃德”号的出征是进攻小岛的首次尝试，那么，我们就应该期待与第一次尝试截然不同的第二次尝试，或是远攻，或是登陆。因此，在离开“倒置的杯子”岛，带走他们的财富之前，必须使用“罗克闪光弹”保卫小岛。

我觉得这种推理甚至应该更进一步，因为这些不法之徒会想：

这次以某种方式发生了的小岛的秘密外泄与从海尔斯福尔疗养院中劫走托玛斯·罗克和西蒙·哈特两个人是否有什么联系？世人知道托玛斯·罗克和他的看护被关在“倒置的杯子”岛上？世人是否知道这起绑架事件是海盗盖尔·卡拉日所为？美国人、英国人、法国人、德国人、俄国人是否会因此而担心以强大的武力进攻小岛会遭到失败？

然而，盖尔·卡拉日想必十分清楚——只要世人了解到这里发生的一切，尽管十分危险——他不会望而却步，各列强的首要利益、拯救民众和人类的责任都要求他们去消灭这群海盗。从前，侵扰过西太平洋之后，海盗头儿盖尔·卡拉日和他的帮凶们现在又开始抢掠大西洋，各国政府应不惜一切代价消灭他们！

无论如何，仅仅考虑到最后一种假设，穴居于“倒置的杯子”岛上的岩洞之中的这些海盗们也不得不随时处于警戒状态。因此，从这一天开始，他们实行了严格的监视措施。由于有了“走廊”，海盗们不需通过隧道也能监视外面的情况。他们隐藏在岸边的岩石后，夜以继日地观察着海平线的各个地方，十二个人一组，早晚轮换。只要有船只一出现在远海的海面上，只要某条小船靠近小岛，就会立刻被发现。

在接下来的几天中没有发生任何新的事情，日子在令人绝望的单调中流逝。实际上，他们知道“倒置的杯子”岛不再享有往日的安全了，一种隐隐约约的令人沮丧的不安笼罩着小岛。他们无时无刻不担心会听到在海边负责警戒的人的叫喊声:“报警！报警！”小岛上的形势与“斯沃德”号到达之前有了本质上的变化。勇敢的达文上尉，勇敢的船员们，英国以及所有的文明国家永远也不会忘记你们为了人类的事业牺牲了生命！

很显然，现在，尽管他们的防御手段威力无比，然而，盖尔·卡拉日、工程师赛尔科、船长斯巴德虽百般掩饰，可徒劳无益，他们都显得忧心忡忡。因此，他们常在一起密谈，他们也许谈论过带着财物离开“倒置的杯子”岛的问题，因为此次的藏身之地被人发现，仅仅饥饿问题就可以置他们于死地。

对此，我不知道其真实情况如何，但是，重要的是他们没有怀疑我把小木桶扔进了隧道。天意所致，它在百慕大群岛被人拾到了。工程师赛尔科——我注意到——从未在这一方面影射过我。没有！我既没有受到怀疑，也没有招致怀疑。如果不是我所想象的那样，我很了解阿尔蒂加斯伯爵的为人，他早就把我扔进泻湖，让我到那里去和达文上尉和“斯沃德”号的船员做伴去了。

今后，这片海域每天都会受到强烈的冬季风暴的袭击。可怕的狂风会在小岛的顶部上怒吼咆哮。

在石林中盘旋的气流发出了极为沉闷的声音，整个岩洞好像是一架巨大乐器的共鸣箱。呼啸之声如此之大，有时能够淹过舰船上的炮声。许多海鸟为躲避风暴，飞进岩洞内，在风暴平息的时候，我们的耳朵都被它们尖锐的叫声震聋了。

不难预料，天气如此恶劣，双桅纵帆船大概无法出海。何况它也不必出海，因为“倒置的杯子”小岛上的补给品可以保证它度过整个冬天。因此，我想阿尔蒂加斯伯爵今后不会像从前那样急匆匆地前往美国沿岸让他的双桅纵帆船在各处游弋了，因为在那里，人们再接待他时不会带着对一位富有的帆船的主人的尊敬了，而是给他以海盗盖尔·卡拉日应有的“礼遇”！

然而，我考虑到，如果“斯沃德”号的出现是进攻受到世人指控的小岛的序幕，那么便出现了一个问题——对于“倒置的杯子”岛的未来而言是个至关重要的问题。

因此，有一天，我非常谨慎，不想引起任何怀疑，放大了胆，想就这一问题试探一下工程师赛尔科。

我们二人在托玛斯·罗克的实验室附近聊了几分钟，赛尔科工程师向我提起了英国潜水艇莫名其妙地出现在泻湖中的事情。这回，我觉得他的观点倾向于这次事件的发生有可能是清剿盖尔·卡拉日匪帮的一种尝试。

“我不这样认为，”我说道，以便把话题引导到我想提出的问题上。

“为什么？”他问。

“因为如果你们的隐居地被人发现了，那么，各列强现在早已进行新的尝试了，即使不是为了进入洞内，起码也是为了摧毁小岛。”

“摧毁它！”赛尔科大声说，“摧毁它！从我们目前所拥有的防御手段来看这种作法至少是非常危险的！”

“这一点，世人并不知晓，赛尔科先生。新、旧大陆的各国政府都不知道你们从海尔斯福尔疗养院中绑架了托玛斯·罗克，也不知道你们已经成功地和托玛斯·罗克商谈了他的发明。”

工程师赛尔科没有对我的这一看法进行反驳，何况我的这种看法也是无可辩驳的。

我继续说：

“因此，由可荡平这个小岛从中获取利益的几个海上强国派出的小型舰队会毫不犹豫地靠近，向小岛发射他们的导弹，然而，他们既然没有这样做，那是因为他们觉得不应该这样去做，因为他们对盖尔·卡拉日的情况一无所知。您肯定极为赞同这一点，因为这对于您来说是最佳的推测。”

“就算是这样吧。”工程师赛尔科说，“但是这个，不论他们知晓与否，如果他们派出的军舰来到距小岛四五海里的海域内，他们来不及使用武器便会船沉海底！”

“就算是这样，”我说，“然后呢？”

“然后？其他舰只大概不敢再冒险前行了。”

“就算这种情况一直如此！但是，如果这些军舰在危险区外包围你们，而且，另一方面，‘埃巴’号再也无法载着阿尔蒂加斯伯爵前往它从前经常光顾的港口了！从那时起，你们如何保证小岛的给养供应问题呢？”

工程师赛尔科沉默不语。

这一问题想必早已使他焦虑不安了，他显然无法解决这一问题，而我认为海盗们打算放弃“倒置的杯子”岛。

然而，他根本不想被我的一番话弄得哑口无言：

“我们还有大功率拖船，”他说，“‘埃巴’号无法做到的事情，它可以去做。”

“大功率拖船！”我高声说道，“如果世人知道盖尔·卡拉日的秘密，他们难道会不知道阿尔蒂加斯伯爵的潜艇？”

工程师赛尔科朝我投来怀疑的一瞥。

“西蒙·哈特先生，”他说，“我觉得您的推论有些过头。”

“有吗，赛尔科先生？”

“是的，我觉得您在谈论所有这一切的时候就像个不该知道这么多事情的人那样在谈论！”

这句话让我顿时沉默了下来。显然，我的这一番推论会使赛尔科工程师认为我与最近发生的一系列事件有牵连，赛尔科工程师的冷酷的目光向我掷来，直穿我的头颅，在我的大脑中搜寻着。

可是，我仍然镇定自若，以一种平静的口吻回答道：

“赛尔科先生，出于职业习惯和个人喜好，我习惯于对于所有的事情进行了思索。因此我把我思索以及推理的结果告诉了您。对此，您可以重视，也可以不予理睬，随您的便好了。”

说完上述一番话后，我们便分手了。但是，由于我缺少足够的保留，我也许已引起了赛尔科工程师的怀疑，这样的话我的行动自由就要受到影响。

总之，通过这次谈话，我得到了这个珍贵的信息："罗克闪光弹"对船只构造的威胁的范围在四和五海里之间，也许在最近秋分退潮的时候，再在另一个小木桶中放一张纸条？的确，还要等上好几个月隧道口才能在退潮时露出来！而且，这张新纸条能像上次写的纸条一样到达合适的港口吗？

天气仍然很糟，狂风吹得比任何时候都更加可怕——这样的天气在百慕大群岛的冬季很常见。难道说海上的天气状况推迟了对"倒置的杯子"岛的另一次进攻？可达文上尉曾经对我肯定地讲过他的出征若遭失败，如果"斯沃德"号没有返回圣·乔治港，英海军将以不同的方式组织进攻，以便剿灭这帮海匪，正义或迟或早应得到伸张，正义会让"倒置的杯子"岛彻底地被摧毁。哪怕我同它一起毁灭！

啊！我多么希望自己能够呼吸外面的新鲜空气啊。哪怕只有一小会儿的功夫！如果能让我眺望一下百慕大群岛遥远的海平线该有多好！我的一生只有此望——越过走廊，走到海岸边，藏在乱石丛中。谁知道我就不能第一个看到向小岛驶来的军舰上冒着的烟呢？

不幸的是，这个计划无法实现，因为在走廊的两端白天黑夜都有值勤的海盗看守。没有工程师赛尔科的允许，没有人能走进去。如要轻率尝试进入此通道，我就有失去在洞内自由行动的危险——甚至更糟。

实际上，自从我俩的上次谈话以来，赛尔科工程师对我一反常态。那次谈话之前，他的目光带有嘲讽之色，现在他的目光则充满了不信任、猜疑和刺探的意味，像盖尔·卡拉日的目光一样冷冰冰的。

十一月十七日。今天下午，比海福发生了剧烈的骚动。海盗们跑出了各自的屋子，四处传来一片喊叫之声。

我跳下床，急忙走出房间。海盗们朝通道那头儿跑去，在其入口处，站着盖尔·卡拉日、赛尔科工程师、斯巴德船长、水手长埃费隆达、机械师吉普森和阿尔蒂加斯伯爵的仆人，那个马来人。

引起这一骚动的原因我很快就搞清楚了，因为看守走廊的守卫刚刚跑回来，大声喊叫着示警。

有若干艘船只在西北方向上出现——这是几艘军舰，它们正开足马力朝“倒置的杯子”岛驶来。

十六、还剩几个小时

这个消息在我身上产生了多大的影响，何等难以言表的激动攫住了我的整个身心！

我感觉到：这一事态的大结局临近了，但愿这一结局符合文明及人类的要求！

直至现在，我每天都在记日记。今后，重要的是我要把每时每刻，每分每秒发生的事情都记录下来。谁知道我会不会很快地了解到托玛斯·罗克最后的秘密呢？我要是没有时间把它记录下来怎么办？如果我在军舰发起攻击时死去，愿上帝保佑能让人在我的尸体上找到我在“倒置的杯子”岛上的岩洞里所过的五个月当中所发生的事情的记录！

首先，盖尔·卡拉日、工程师赛尔科、船长斯巴德和他们其他的同伙来到小岛外面的海岸各就各位。我就不能跟在他们的身后，躲藏在岩石之间，观察在远海中出现的军舰。

一个小时之后，有二十来个人留下来继续监视，其他人又回到比海福。由于目前这一时期白天已非常短暂，所以在次日降临之前不必担心会发生任何事情。此时他们不会登陆，进攻者应该考虑到“倒置的杯子”岛的防御状态，因此，他们不可能考虑进行夜间攻击。

在天黑之前，海盗们一直忙着在海岸边的各个点上安装发射架，有六个发射架从通道被运到事先选好的地点上。

发射架安装完毕后，工程师赛尔科来到实验室找托玛斯·罗克。他要告诉他外面发生了什么事情，告诉他一支舰队来到了“倒置的杯子”岛附近？告诉他他的“闪光弹”将用来保卫小岛吗？

确定无疑的是五十来枚导弹已经准备停当要开始发挥其摧毁一切的功能。每一枚导弹都装填了数千克炸药和缓燃物质，这种物质可确保导弹的弹道距离比其他所有的导弹的弹道距离都要长。

至于燃爆剂，托玛斯·罗克已制出一定数量的试管——我了解得非常清楚——他不会不助盖尔·卡拉日这帮海盗们一臂之力的！

在进行准备工作时，夜幕降临了。岩洞内有些昏暗，因为海盗们只点了比海福那里的电灯。

我回到我的房间里，尽量少地抛头露面对我有好处。在舰队临近“倒置的杯子”小岛之际，赛尔科工程师对我的种种猜疑难道不会重又勾起来吗？

但是，被发现的这只舰队会一直朝着这个方向前进吗？它会不会是经过百慕大群岛的远海处并消失在海平线上呢？！有一阵儿，我的脑海中出现过这种疑虑。不会不会！何况，根据斯巴德船长测定的方位——我刚才听到他自言自语——舰只依然位于小岛的视线范围内，这一点确定无疑。

这些军舰是哪个国家的？难道是英国人，想要替葬身鱼腹的“斯沃德”号报仇雪恨，便独自承担起这次远征？难道其他国家的巡洋舰就没有参与进来？……我一无所知……我一无所知……我无法知道一丁点儿的情况！唉！这又有何重要的呢？应该做的事情是摧毁这个小岛，哪怕我被它的废墟压得粉身碎骨，哪怕我像英勇的达文上尉和他的勇敢的船员那样死去！

在工程师赛尔科的监督下，进行防御的准备工作冷静而又有条不紊地进行着。显然，这些海盗们满怀信心地以为只要来犯者进入危险区域内就会被消灭。他们绝对相信“罗克闪光弹”的威力。他们坚信这些军舰伤及不了他们的一根毫毛，因此他们既不考虑未来的困难也不考虑未来出现的危险！

我推测海盗们应把发射架安装在海岸的西北部，投弹机的方向直指北、西、南三个方向。至于小岛的东面，我们知道，有暗礁作为屏障，它们沿着百慕大群岛的前几个小岛沿伸过去。

将近九点钟的时候，我大胆地走出了我的房间，众海盗根本没有注意我，我也许可以神不知鬼不觉地在黑暗之中穿过。啊！如果我能穿越走廊，到达海边，隐蔽在某块岩石后面该有多好！要是能在那儿一直待到天亮就好了！我为什么不能成功呢？既然这会儿盖尔·卡拉日、工程师赛尔科、船长斯巴德和海盗们全都待在外面各就其位。

这时候，泻湖边上空荡荡的并无一人，但通道的入口却被阿尔蒂加斯伯爵的马来仆人把守着。我虽走了出来，却未拿定主意，于是便朝托玛斯·罗克的实验室走去。我的思想集中在我的这位同胞的身上！左思右想之后，我相信他不知道一支舰队出现在“倒置的杯子”岛的水域。毫无疑问，在最后一刻，工程师赛尔科将突然让他面对他要实施的报复！

这时，我突然产生了一个念头，我要让托玛斯·罗克对他的行动后果负责任，在这千钧一发之时，向他揭露这些企图让他助纣为虐的人的庐山真面目。

是的，我得试试，但愿我能够在这位反抗人世上不公的人的灵魂深处唤起一丝爱国主义的情感！

托玛斯·罗克还把自己关在实验室里。他想必独自一人待在那里，因为他在配制燃爆剂的时候从不允许任何人进入他的实验室。

我朝那头儿走去，从泻湖湖岸附近经过，看到大功率拖船仍然停泊在码头边儿上。

到了这个地方，我觉得溜进头几排石柱中去，从侧面到达实验室是谨慎之举——这样做可以让我看到实验室中是否还有其他人和托玛斯·罗克待在一起。

我一溜进昏暗的石拱之下，便有一束灯光照射过来，而且照到了湖对岸。这束灯光是从实验室的一扇前窗射出来的。

除了这个地方，泻湖南岸一片漆黑，而对岸，比海福的一部分房间灯火通明，灯光一直照射到北面的石壁上。在漆黑一片的泻湖之上，岩洞穹顶的洞口处，有几颗星星在闪闪发光。玉宇澄清，风暴业已平息，"倒置的杯子"岛内不再有狂风盘旋。

到达实验室附近后，我攀着石壁，爬到窗口，看见了托玛斯·罗克。

他独自一人待在实验室内，他的头只露出了四分之三，被明亮的灯光照得清清楚楚。他虽面庞清瘦，额头上的皱纹更深了，但他的神情起码非常平静，充满着理智。不！他已不再是十七号楼的病人，不再是海尔斯福尔疗养院内的疯子了。我心中暗暗想到他是否已经痊愈了，是否无须再担心他会在最近一次的发作中丧失理智？

托玛斯·罗克刚刚把两支玻璃试管放在工作台上，手中拿着第三支试管，把它拿到灯下，仔细地观察着试管里的液态的透明度。

有一会儿，我想冲进实验室，抓到这几支试管，把它们摔碎，但是，托玛斯·罗克就不会有时间再配制出其他几个试管这种液体吗？我最好按原定的计划行事。

我推门走进了实验室，说：

“托玛斯·罗克……”

他没有看到我，只听到我所讲的话。

他抬起头，转过身，看着我。

“啊！是您，西蒙·哈特！”他以一种平静的口吻——甚至是冷漠的口吻说。

他知道我的真实姓名，工程师赛尔科已经告诉了他在海尔斯福尔疗养院当看护的那个人不叫盖东，而叫西蒙·哈特。

“您知道了？”我说。

“我知道了您在我身边任职出于何种目的，是的！您想刺探别人不愿意以其价值从我这里购买的秘密！”

托玛斯·罗克什么也不知道，鉴于我所要向他讲的话，这样反而更好。

“那么，您没获得成功，西蒙·哈特，关于这东西，”他摇动着试管继续说道，“还没有任何人成功过，将来也不会有任何人获得成功！”

果然不出我所料，托玛斯·罗克没有向任何人泄露过燃爆剂的成分。

我盯着他看了好一阵子，然后说：

“您现在知道了我是谁了，托玛斯·罗克，但您知道您住在谁的家里吗？”

“住在我自己的家里！”他叫着。

是的！这正是盖尔·卡拉日让他相信的事！在“倒置的杯子”小岛上，发明家认为这是他的家，在这个岩洞聚集起来的财富属于他。如果有人前来进攻“倒置的杯子”岛，这是要从他手中夺走他的财产，而他就要捍卫此岛，他有权保卫它！

“托玛斯·罗克，”我又说道，“听我说……”

“您要对我讲什么，西蒙·哈特？”

“我们两个人被带到这里的岩洞为一伙海盗所盘踞。”

托玛斯·罗克没让我把话说完——我甚至不清楚他是否听明白了我所讲的话——便大声地喊叫起来：

“我再跟您说一遍，在这里堆积起来的财宝是我发明的代价。这笔金银财宝属于我，他们按我开出的价格购买了‘罗克闪光弹’，而在别的地方我到处碰壁，甚至在我自己的国家，也是您的祖国，我不能任人盘剥！”

对他的这一番强词夺理我还有什么话好说呢？但是，我继续说着：

“托玛斯·罗克，您还记得海尔斯福尔疗养院吗？”

“疗养院……那个窃取我的秘密……命令看护盖东探听我的只言片语……然后把我软禁起来的地方。”

“这个秘密，托玛斯·罗克，我从来都未想过从您的身上抢走，从您的发明中获取利益，我永远也不会接受这样一种任务，但您当时生着病，您的理智受到了伤害，不应该让这样一种发明失传。是的，如您在发病的过程中把您的发明的秘密泄露给我，您仍然可以保有您的利益和全部的荣誉！”

“真的吗，西蒙·哈特！”托玛斯·罗克傲慢地说，“荣誉和利益。现在对我讲这些不觉得有点儿晚吗？您忘记了美国有关当局曾经把我投进一间又黑又小的囚室里借口说我发疯了。是的！是借口，因为我的理智从没有抛弃过我，甚至连一个小时都没有过，对于这一点，自我获得自由以来我所做的一切您已清楚地看到了。”

“自由！您以为自己是自由的，托玛斯·罗克！在这个岩洞的四壁之间，您难道不认为自己被关在这里比关在海尔斯福尔疗养院的院墙之内更为狭窄吗！”

“我是待在自己家中的人！”托玛斯·罗克反驳道，声音中明显地带有发火的成分，“我这个人想什么时候出去就什么时候出去！我只要说一句话，所有的门都会为我打开！这个岩洞就是我的家！阿尔蒂加斯伯爵把它连同洞内所有的财富都给了我！前来攻打此洞的那些人真不幸！我有足够的手段消灭他们，西蒙·哈特！”

这样说着的同时，发明家疯狂地摇动着手中拿着的玻璃试管，这时候，我高声说：

“阿尔蒂加斯伯爵欺骗了您，托玛斯·罗克，就像欺骗许多其他人一样！在这个名字下隐藏着一个无恶不作的恶棍，他曾在太平洋和大西洋海域横行霸道、杀人越货！他是一个罪行累累的强盗……他就是无耻的盖尔·卡拉日。”

“盖尔·卡拉日，”托玛斯·罗克重复了一遍。

我暗暗在想这个名字是否能引起他的一些联想，是否能让他想起此人是何许人也，不管怎样，我看到这种印象几乎马上在他的头脑中消失了。

“我不认识这个盖尔·卡拉日。”托玛斯·罗克说，同时用手指着门的方向命令我出去，“我只认识阿尔蒂加斯伯爵。”

“托玛斯·罗克，”我又说，想做最后一次的努力，“阿尔蒂加斯伯爵和盖尔·卡拉日是同一个人！此人向您购买您的秘密的用意在于确保他犯下累累罪行仍可逍遥法外，为犯新的罪行提供便利，是的，这群海盗的首领。”

“海盗！”托玛斯·罗克大声说，他越是感到紧张，火气就越大，“海盗是那些胆敢一直跑到我的隐居之所威胁我的人，是那些乘‘斯沃德’号试图这样做的人，因为赛尔科把这一切都告诉了我，是那些想从我的家里抢去属于我的东西的人，而这些东西是我的发明应获得的代价。”

“不对，托玛斯·罗克，把您关在‘倒置的杯子’岛的这处岩洞，利用您的天才去保护他们自己的人才是海盗，当他们掌握了您的全部发明后，他们就会干掉您！”

托玛斯·罗克打断了我的话，他似乎不再想听我对他说的话。他顺着他的思路去想问题而不是我的，他念念不忘的复仇欲望被塞尔科工程师巧妙地利用了，他全部的仇恨都集中在这一想法中。

“强盗，”他又说，“强盗是那些拒绝我，不愿听我讲话的人，他们不公正地对待我，用蔑视和拒绝压垮了我，把我从一个国家赶到了另一个国家，而我却给他们带来了优越的、不可战胜的、威力无穷的东西！”

是的！关于发明家唠叨个没完没了的故事我们都听腻了，那些态度冷漠，嫉妒心很强的人拒绝对他的发明进行试验，我对此很清楚，而且知道这里所写的一切毫无夸大其词之处。

说真的，此时不是与托玛斯·罗克争论一番的时候，我明白我的一番议论对这个受到伤害的灵魂，对这颗在失望之中燃起仇恨的心，对于这个受到盖尔·卡拉日及其同伙欺骗的不幸之人毫无影响！向他说出阿尔蒂加斯伯爵的真名实姓，向他揭发出这伙强盗及其首领的时候，我本想让他从他们的影响之中摆脱出来，让他认清海盗们把他一步步地推向深渊的罪恶目的。

我错了！他不相信我！何况，究竟是阿尔蒂加斯伯爵还是盖尔·卡拉日，对于他来说，这都无关紧要！难道他，托玛斯·罗克就不是“倒置的杯子”岛的主人吗？难道他就不是这些二十年的杀人越货而积累起来的财富的主人吗？

他深受伤害，道德意识严重退化，人性泯灭并没有对自己的行为负责的概念，对此我束手无策，不知如何下手。我慢慢地向实验室的门口退去，我只落得个走出实验室的地步，该发生的事情就让它发生吧，因为单凭我个人的能力我无法阻止距我们仅有几个小时的时间将要产生的可怕的结局。

此外，托玛斯·罗克连看都不看我一眼。我觉得他已经忘记了我的存在，好像也忘记了我们二人之间刚刚进行的一席谈话，他重新开始进行配制工作，没有注意他不是独自一人待在实验室里。

只有一种方法可以防止这可怕的灾难的发生，我得扑向托玛斯·罗克，使他干不出伤天害理的事情来！击昏他……杀死他……对！杀死他！……这是我的权利！这是我的责任！

我身上没有武器，但我发现在工作台放着几件工具：一把剪子、一把锤子。谁会阻止我砸碎发明家的头呢？杀死他之后，我便摔碎玻璃试管，而他的发明就和他一起死去了！军舰可以接近小岛，军舰上的人登上“倒置的杯子”岛，用几发炮弹将其摧毁！盖尔·卡拉日及其同伙将被彻底歼灭，在进行这次可使海盗们众多罪行受到惩罚的谋杀面前，我还犹豫什么呢？

我朝工作台走去，那上面有一把剪刀，我的手就要抓起它。

托玛斯·罗克转过身来。

想要击昏他为时已晚，会引起一番搏斗，搏斗起来必有响动，海盗们会听到喊叫的声音，从那头儿来了几名海盗，我甚至听见了他们脚踩在岸边的沙地上发出嚓嚓的脚步声。我若不想让他们发现我的话，只有立刻溜之大吉了。

然而，我试图最后一次唤醒发明家的爱国主义情感，我对他说：

“托玛斯·罗克，军舰近在眼前，他们是来摧毁这个匪巢的！它们之中也许会有一艘军舰挂着法国国旗？”

托玛斯·罗克看着我，他不知道“倒置的杯子”岛将要受到攻击，我刚刚告诉了他，他额头上的皱纹更深了，他的目光亮了起来。

“托玛斯·罗克，难道您敢向您的祖国的国旗开火吗，三色旗？”

托玛斯·罗克抬起了头，神经质地摇晃着头，然后做了个具有轻蔑成分的姿势。

“怎么！那可是您的祖国？”

“我已经没有祖国了，西蒙·哈特！”他大声说，“心灰意冷的发明家没有祖国！他找到的安逸的地方就是他的祖国！他们要抢夺我的财产。我要进行自卫。算他们倒霉，让那些敢于向我发起攻击的人们倒霉去吧。”

然后，他急匆匆地走到实验室的门前，猛地打开了门。

“出去！出去！……”他不停地喊着，声音之大在比海福岸边上待着的人想必都能听到。

我不能再浪费时间了，于是我便溜之大吉了。

十七、以一对五

我在“倒置的杯子”岛的昏暗的石拱下，在石林之间整整溜达了一个小时，一直走到了岩洞的尽头，正是在这头儿，我曾多次寻找过一个出口、一个断层、一个石壁上的裂缝，想着能从那里溜出去，直至小岛的岸边。

我的寻找一无所获。现在，我所处的情况是受着各种无以言表的幻象的折磨，我一会儿觉得这些岩壁在变厚，一会又觉得囚困着我的监狱的墙在逐渐地变薄，又一会儿觉得它们要倒塌下来把我压得粉身碎骨……

这种精神上的紊乱状态究竟持续了多长时间？我不知道。

于是，我又回到了比福海这一头儿，面对着这间我住着的屋子的四壁，我既不想休息。也不想睡觉。睡觉，当大脑处于极度兴奋的状态的时候。睡觉，当我面临一种情况就要有个最终结局的时候，而这一结局有本可延续上若干年的危险。

但是，这一结局对我有何影响？对于军舰准备好的针对“倒置的杯子”岛的进攻我应期待些什么。我不能保证进攻此岛能大获全胜，因为我没有把托玛斯·罗克干掉，免得他干坏事。军舰一进入危险区，他的导弹就准备发射，即使未被击中也会毁灭。

不管怎么样，这个夜晚的最后几个小时，我都不得不待在房子里，是回屋的时候了。天亮以后，我就会知道自己该做些什么事情。我是否知道，在这个夜晚，军舰上发射的炮弹的爆炸声不会让“倒置的杯子”小岛地动山摇，而“罗克闪光弹”的爆炸能在军舰可以在小岛附近的海岸方向锚泊之前以雷霆万钧之势将其统统击沉。

此时，我朝比海福的四周瞥了最后一眼。对面，灯光闪烁，唯一的一束灯光，那是实验室的灯光，反射在波光粼粼的泻湖湖面之上。

湖岸上并无人迹，堤岸上也是一样，我突然想起比海福此时定当空无一人，海盗们都待在他们的战斗岗位上。

这时候，一种不可抗拒的本能推动着我，我没有返回小屋，而是沿着石壁悄悄地走，倾听着，窥伺着，准备只要一听到脚步声或说话声便在石头间的坑洼之处躲起来。

我就这样来到了通道口的前面。

感谢上帝！这个地方没有人把守，可以自由通行。

我没有时间思索，便冲进了黑暗的羊肠小道，我摸索着沿着石壁往前走。不久，一股更为清新的空气迎面扑来——带着咸味儿的海上吹过来的空气，我已有五个月没有闻到这种味道了，我大口大口地呼吸着这种新鲜的空气。

通道的另一端显现在星光闪烁的夜空中。没有任何人影出现在走廊之内……我也许能够走出“倒置的杯子”岛。

我趴在地上，慢慢地往前匍匐前进，没有弄出一点声响。

爬到洞口后，我探出头，看着四周。

没有人！没有人！

我紧贴着小岛的底部向东走去，那头儿礁石密布，船只无法靠近，因此不该有人把守，我到了一处狭窄的坑中——离此坑约有二百米的地方，一个海岬朝西北方向延伸出去。

终于。我走出了这个岩洞——我尚未获得自由，但这是自由的开始。

海峡的顶端处有几个一动不动地站在那里警戒的海盗的身影，人们是不会把他们与岩石混在一起的。

天空明净异常，在冬季寒冷的夜晚里，密布的星星显得格外明亮。

在西北方向的海平线上，军舰上的方位灯的灯光组成了一条发光的长线。

东面的天空泛起了一片鱼肚白色，我估计此刻的时间大约为凌晨五点钟。

十一月十八日。现在天色已经大亮，我可以补写完我的日记，讲述一下我拜访托玛斯·罗克的实验室的详情——也许是我写的最后几行字了。

我开始写起来，随着进攻的开始，各种事件的详细情况都会出现在我的笔记本上。

笼罩着大海的稀薄而又潮湿的轻雾在微风的吹拂下立刻消散得无影无踪，我终于看到了军舰的身影。

军舰总共有五艘，排成横列，至少位于离小岛六海里之外的海面上，——因此是在“罗克闪光弹”的射程之外。

因此，我一直担心的一件事不会发生了。——我曾一直担心这些舰只在经过百慕大群岛之后，会继续朝安德列斯群岛和墨西哥海域驶去……不！它们就在那儿，停泊着，等待天大亮时，对“倒置的杯子”发起进攻。

这时，海岸上有了动静，三四名海盗从最后面的岩石中跑了出来。

在海岬岬头上警戒的海盗退到了后面。所有的海盗全都聚集在那里。

他们根本没有在岩洞中找寻一躲藏之地，因为他们清楚地知道军舰无法较近地接近小岛，以便把它们舰上的大炮的炮弹射到小岛上来。

我藏身的这个坑挺深能够不露出头来，我不会被海盗们发现，他们也不大可能到我藏身的这边儿来，然而，也许会发生一种极为不利的情况；那就是工程师赛尔科或者所有其他海盗想要确实地保证我待在小屋内或者需要把我关在小屋内。的确，我有什么让他们可怕的呢？

七点二十五分，盖尔·卡拉日、工程师赛尔科、船长斯巴德来到了岬角的顶端，他们从那儿观察着西北方向的海平面，在他们的身后安置着六架发射架，其拨弹机支撑着自动推进式导弹。当燃爆剂被点燃后，导弹从发射架上射出，在空中划出一条长长的弹道直至爆炸区域，其爆炸将引用周围空气的震动。

七点三十五分，军舰上升起了几缕轻烟，它们准备启航，向“倒置的杯子”岛的导弹的射程范围内驶来。

这群乌合之众一起发出了可怕的喜悦和欢呼——我应该说这喊叫之声仿佛是野兽的嚎叫之声。

这时，工程师赛尔科离开了盖尔·卡拉日和船长斯巴德，他朝通道口走去，进了岩洞，他肯定是去找托玛斯·罗克。

遵从盖尔·卡拉日下达的向军舰发射导弹的命令时，托玛斯·罗克记得住我刚才对他说的一番话吗？他难道就不怕他所犯罪行的后果吗？他会拒绝服从命令吗？不会，我对此太肯定了！我为什么还要对此抱有幻想呢？发明家不是待在他的家中吗？他曾反复说过这里就是他的家，他深信不疑这一点，有人来攻击他的家，他将进行自卫！

然而，五艘军舰缓缓前行，舰首只对着岬角。也许船上的人认为托玛斯·罗克尚未将他最后的一个秘密出卖给“倒置的杯子”岛上的海盗，——实际上，我把小木桶扔进泻湖的那一天，他的确没有这样做。然而，军舰上的指挥官如有在小岛上登陆的打算，军舰如冒险进入离小岛有一海里的范围内，那么海面上不久便只剩下军舰的支离破碎的残骸了

托玛斯·罗克在工程师赛尔科的陪同下到了。走出通道后，二人便向一架发射架走去，它正瞄着打头前行的军舰的航行方向。

盖尔·卡拉日和斯巴德船长正等着他们两个人。

不出我之所料，托玛斯·罗克很平静，他知道他将要做的事情。这个因仇恨作祟而迷失方向的可怜虫没有表现出一丝会影响其心情的犹豫。

他的手指间捏着一只闪闪发亮的玻璃试管，试管里装的是燃爆剂。

这时，他的目光注视着离小岛最近的一艘军舰，它大约位于五海里远的地方。

这是一艘中型巡洋舰，排水量至多有二千五百吨。

舰上没有升旗，但是，从它的造型上来看，我觉得这艘军舰属于一个法国人不太喜欢的国家。

其他四艘军舰待在此舰的后面。

看来此舰队是由这艘中型巡洋舰带头进攻小岛。

于是，此巡洋舰开了炮，因为海盗们任其靠近，但愿它发射出的第一发炮弹就能击中托玛斯·罗克。

当工程师赛尔科准确地测定了巡洋舰的位置时，托玛斯·罗克站在发射架前，这台发射架上装着三枚填满了炸药的导弹，燃爆物质应能保证它的弹道长度，所以无须让导弹在飞行的过程中以旋转式运动方式运

行，炮弹的旋转式运动方式是由发明家杜佰设计出来的。此外，“罗克闪光弹”只需在离战舰几百米的地方爆炸便可将其彻底摧毁。

时间到了。

“托玛斯·罗克！”工程师赛尔科叫道。

他用手向他指着巡洋舰，它正向西北岬角缓缓地驶来，只有四、五海里的距离了。

托玛斯·罗克做了个肯定的手势，表明他想一个人待在发射架前。

盖尔·卡拉日、工程师赛尔科和船长斯巴德向后退了五十来步。

于是，托玛斯·罗克打开了右手拿着的玻璃试管，相继将几滴液体从“罗克闪光弹”的柄口倒进弹内，使其和爆炸物质混合在一块儿。

四十五秒钟——产生化学反应所必需的时间——过去了。我似乎觉得自己的心脏在这一时间内停止了跳动。

可怕的呼啸声撕破了天空，三枚导弹在空中划出了一道近一百米的弧线，越过了巡洋舰。

这几枚导弹没有击中目标吗？难道危险消失了？

不！这种导弹能以夏培尔炮兵司令使用的盘形炮弹的方式返回来，就像澳大利亚土著使用的飞去来器①。

大气层立刻剧烈地震动起来，仿佛装了麦宁炸药或者是达纳炸药的弹药库爆炸了一样，低处的气层被推到“倒置的杯子”岛上，而小岛的地面也在颤抖着。

---

① 飞去来器，澳大利亚土著使用的一种武器，投掷后不中目标能返回原处。

我看着……

巡洋舰消失了，被支解了，从中间断开，沉入海底……这是扎林斯基炮弹的效果，但是，由于威力无穷的“罗克闪光弹”，它的效果增加了一百倍。

海盗们大喊大叫了几次，一起涌向岬角的顶端，盖尔·卡拉日、工程师赛尔科、船长斯巴德几个人一动不动地站在那里，几乎无法相信亲眼所看到的事实！

至于托玛斯·罗克他站在那里，双臂交叉，目光炯炯，满面春风。

我理解发明家的这种胜利，它令我作呕，托玛斯·罗克心中的仇恨伴随着心满意足的复仇行动！

如果其他军舰靠近小岛的话，其下场也会和巡洋舰的下场一模一样，它们将在同样的条件下不可避免地被摧毁，无法逃脱覆灭的命运！的确，尽管我最后的希望想必要与它们一起消失，但我希望它们能逃走，驶入远海，放弃无用的进攻！各国政府将会协商一致，采取其他的办法荡平这个小岛！他们可以用军舰将“倒置的杯子”岛团团围住，形成一个包围圈，让强盗们无法越过这个包围圈，而他们将会死在他们的匪窟中，就像野兽饿死在洞穴中一样。

但是——我知道——军舰没有权力后退，即使它们要冒某种失败的危险，各个军舰将毫不犹豫地前仆后继，哪怕是葬身于大洋的波涛之中！

实际上，各舰正进行着相互联络，不久，一股更为浓重的烟染黑了海平线，西北风将其刮向另一方向，四艘军舰又开始了航行。

它们中的一艘走在前头，它急急忙忙地驶到舰炮的射程之内便猛烈地开起火来。

我冒着一切危险从坑里爬了出来，我看着，双眼因内心的极度兴奋而闪闪发光…

我无能为力地等待着第二次灾难的发生。

在视线中变得越来越大的这艘军舰是艘排水量几乎和前面那一艘船差不多一样的巡洋舰。舰顶上没有任何旗帜飘扬，我无法认出它属于哪个国家。显然，它在全速行驶，以便再导弹再次发射之前越过危险区。但是既然导弹可以从背面攻击它，它怎能逃脱它们强大的摧毁力呢?

托玛斯·罗克站在第二台发射架前，此刻正逢这艘军舰经过深渊的海面之上，它会在这儿继刚才的那艘军舰葬身鱼腹。

虽然从远海处吹来几阵风，但海面上依然一片平静。

突然，巡洋舰上响起了鼓声——乐声大作——铜管乐器的声音一直飘到了我的耳中。

我听出了这些（军）乐声——法国的乐声。上帝！这是我的祖国的战舰，它驶在其他军舰的前面，而一位法国发明家将要摧毁它！

不！不能这样做。我要冲向托玛斯·罗克，我要大声地告诉他这艘军舰是法国军舰。他没有认出它来！他会认出来的！

这时，工程师赛尔科做了个手势，托玛斯·罗克举起了手中拿着的玻璃试管。

这时候，舰上的鼓声更加响亮有力了。这是舰上官兵在向国旗致敬。一面旗帜迎风招展，三色旗，红、白、蓝色在天空下熠熠生辉。

啊！究竟发生了什么！我明白了！看见了国旗，托玛斯·罗克仿佛着了魔一般！随着舰上的国旗徐徐升起，他的手渐渐地垂了下来！然后，他向后退去，用手蒙住双眼，好像不想让它们看到三色国旗的褶皱。

感谢上苍！在他这颗受到伤害的心中，爱国主义的情感并没有完全泯灭，因为他看到祖国的国旗后，他的心仍在跳动！

我的激动丝毫不亚于他！冒着被海盗们发现的危险，——这又有什么了不起的？我顺着岩石爬着前进，我想爬到那里帮助托玛斯·罗克，阻止他软弱下来！哪怕为此要付出生命，我也要以他祖国的名义最后一次恳求他，我要向他高声说：

“法国人，这艘军舰上悬挂的可是三色旗！法国人，驶近的军舰可是法国的一部分！法国人，难道说你要罪恶到打击它的地步？”

但是，我无须再进行干预，托玛斯·罗克不再受像以前那样将他彻底搞垮的疾病的折磨了，他现在是自己的主人。

当他面对国旗时，他明白了，他向后退去。

几名海盗走过去，想把他拉到发射架跟前去。

他推开他们，奋力挣扎着。

盖尔·卡拉日和工程师赛尔科跑了过去，他们向他指着迅速前进的军舰，他们二人命令他发射导弹。

托玛斯·罗克拒绝了。

船长斯巴德和其他海盗，愤怒之至，威胁他、侮辱他、打他，他们想从他手里夺过玻璃试管。

托玛斯·罗克把试管扔到地上并用鞋后跟儿将其踏碎。

这时，这一群混蛋们惊恐之极！这艘巡洋舰越过了危险区，海盗们无力还击开始落到小岛上的炮弹，岩石被炮弹炸飞了。

但是，托玛斯·罗克在哪里？他是否被这些炮弹击中了？没有！我最后一次看见他时，他正往通道跑去。

盖尔·卡拉日、工程师赛尔科、船长斯巴德跟在他后面，去“倒置的杯子”岛的内部寻找藏身之处。

我付出任何代价都不能让我回到岩洞中，哪怕在我待着的这个地方被军舰上的发射出的炮弹炸毁！我将写下最后的记录，当法国海军的水手登上岬角，我将……

十八、在“道南”号上

在达文上尉奉命指挥“斯沃德”号潜艇驶入“倒置的杯子”小岛内部，他的那次尝试失败之后，英国军事当局确信这些勇敢的水兵已经以身殉职了。因为，“斯沃德”号没有再在百慕大群岛出现，它是在寻找隧道入口的过程中碰上了暗礁？它被盖尔·卡拉日的海盗们摧毁了？没有人知道。

根据在圣·乔治港沙滩上拾到的小木桶中的字条上所叙述的内容，“斯沃德”号潜艇奉命出征的目的是在托玛斯·罗克把他的导弹制造完毕之前将其劫走，劫出法国发明家。

当然不能忘记工程师西蒙·哈特。之后，便把他们二人交予百慕大群岛的行政当局处理。这事完成后，军舰在接近“倒置的杯子”岛时，就无需害怕“罗克闪光弹”了。

但是，几天过去了，“斯沃德”号没有返回基地，英军方不得不认为它失事了。于是，军方决定进行第二次征讨，试图在其他进攻的条件下完成此次征讨。

事实上，应该考虑到时间过去了多久——将近八个星期的时间——自西蒙·哈特装好了那张字条并寄希望于那个小木桶之日起。也许盖尔·卡拉日现在已掌握了托玛斯·罗克的全部秘密？

海上各列强之间达成了一项协议，决定派遣五艘军舰驶往百慕大群岛周围的海域，既然在“倒置的杯子”岛的内部有一个宽大的岩洞，那就试图用现代化的大炮的炮火摧毁它的岩壁，就像用炮火摧毁敌方的碉堡的墙体一样。

舰队在弗吉尼亚州的查斯皮克港会和在一起，朝百慕大群岛方向驶去，定于十一月十七日晚抵达那里。

第二天，被指定首先发起攻击行动的军舰出发了。当它距小岛还有四点五海里时，三枚导弹在飞越它的上空之后又返了回来从背后攻击它，在船舷五十米处爆炸，它在几秒钟之内便葬身海底。

由于大气层的震动和空间的摇晃而引起的这次爆炸，其效果非同一般，立竿见影，其威力超过了迄今为止发明的所有的新式炸药。

后面跟着的四艘军舰，在它们所处的位置上也感觉到了可怕的反冲力。

从这一突如其来的灾难中可以得出两个结论；

第一个结论：海盗盖尔·卡拉日的手中已掌握了“罗克闪光弹”。

第二个结论：新式导弹具有发明家赋予它的毁灭性的威力。

打头阵的巡洋舰消失之后，其他几艘军舰派出了各自舰上的小艇去营救这次灾难的幸存者，它们正捞着海上的漂浮物。

这时，几艘军舰相互打着信号，向“倒置的杯子”岛驶来。驶得最快的是“道南”号——法国的一艘军舰——它全速向前冲去，而其他军舰则加大马力以便与它会合。

“道南”号冲进了由于爆炸而刚刚引起了大气层剧烈的震动的区域内，行驶了半海里，冒着被其他的导弹击沉的危险。

当它进行转向准备对准小岛开炮时，舰上升起了三色国旗。

从舷梯上，舰上的军官能够看到分散于小岛岩石间的盖尔·卡拉日匪帮。

在用炮火摧毁他们的匪窟之前，可以用这时的有利时机消灭这伙混蛋，因此，“道南”号发射出首批炮弹;作为回应，众海盗立即逃进了“倒置的杯子”岛的岩洞内。

几分钟之后，发生了一阵震动，天空在抖动，仿佛要塌陷在大西洋的深渊之中。

小岛上，只剩下了一堆燃烧着的岩石，一些岩石滚到另一些岩石的上面，仿佛发生了雪崩一般。这只杯子没有翻过来，而是被打碎了！“倒置的杯子”岛已荡然无存，只剩下一堆礁石，被爆炸而掀起的滔天巨浪砸在它们的上面，吐出无数的白沫！

这次爆炸的原因是什么？难道是海盗们看到了所有的抵抗均是无益之举而主动炸毁了小岛！

“道南”号只是被炸飞了的小岛的碎石轻微地砸中，指挥官命人将小艇放下，它们朝“倒置的杯子”岛露出水面的部分驶去。

在指挥官的命令下登陆后，水兵们仔细地检查了被炮弹炸出的碎屑，它们已融进百慕大群岛的暗礁之中了。

到处都是被炸得支离破碎的尸体、血肉模糊的泥浆。岩洞，人们再也看不到它的模样。一切都埋在它的废墟之下。

只有在暗礁的西北部的一具尸体完好无损，尽管这具“尸体”只有出的气了，但人们还是希望救活他。他侧躺着，手里紧紧地攥着一个笔记本，上面的最后一行字还没有写完。

这个人是法国工程师西蒙·哈特，他被抬到“道南”号舰上。尽管对他进行了精心的护理，还是未能让他恢复知觉。

然而，通过阅读他记的笔记——一直记到岩洞发生爆炸的时候为止——可让人了解到“倒置的杯子”岛上最后一刻所发生的事情。

何况，西蒙·哈特本应在这场灾难发生后活下来的人——他是唯一一个非常不公正地死去的牺牲者。他若一旦处于能够回答人们提出的问题的状态的话，以下就是根据他的叙述而可以弄清的事实真相。

看到红、白、蓝三色国旗后，托玛斯·罗克的灵魂深处受到了震动，终于意识到自己将要犯下的冒犯祖国的罪行，他向通道冲去，跑到了堆积着大量他所制造的炸药的仓库。然后，在海盗们能够阻止他之前，点燃了炸药，引起了可怕的爆炸，摧毁了“倒置的杯子”岛。

现在，盖尔·卡拉日和他的海盗们全都完蛋了，与他们一起完蛋的还有托玛斯·罗克以及他的发明的秘密。